TOUS NOS RÊVES ORDINAIRES

Élodie Chan

TOUS NOS RÊVES ORDINAIRES

ÉDITIONS SARBACANE
Depuis 2003

De la même autrice, chez le même éditeur

Et dans nos cœurs, un incendie (coll. Exprim', 2021)

À toi, qui sais comment c'est doux de rêver éveillé.

À Papa et Maman,
Merci d'avoir compris
que je devais partir pour revenir toujours.

Bande-son

Alain Souchon, *J'ai dix ans*
Cyndi Lauper, *Girls Just Want to Have Fun*
Britney Spears, *(You Drive Me) Crazy*
Bon Jovi, *It's My Life*
Elvis Presley, *It's Now or Never*
Tom Jones & Mousse T., *Sexbomb*
Radiohead, *Creep*
Alizée, *Moi… Lolita*
MC Solaar, *La Belle et le Bad Boy*
Air, *Playground Love*
Diane Dufresne, *Le Rêve de Stella Spotlight* (in *Starmania*, Michel Berger et Luc Plamondon)
Eagle-Eye Cherry, *Save Tonight*
Serge Gainsbourg, *Comme un boomerang*

« Nous savions que les filles étaient nos jumelles,
que nous existions tous dans l'espace
comme des animaux qui avaient la même peau,
et qu'elles savaient tout de nous alors que nous étions
incapables de percer leur mystère. Nous savions, enfin,
que les filles étaient en réalité des femmes déguisées,
qu'elles comprenaient l'amour et même la mort,
et que notre boulot se bornait à créer le bruit
qui semblait tant les fasciner. »

Virgin Suicides, Jeffrey Eugenides

Prologue
Juillet 1994

J'ai dix ans
Je vais à l'école et j'entends
De belles paroles doucement
Moi je rigole, cerf-volant
Je rêve, je vole

Dix-neuf heures, le soleil qui irradie orange et la chaleur en nappe au-dessus des trottoirs. Dans le lotissement, la tension est à son max.

Cyrus Hoarau – peau brune, buisson de cheveux crépus et yeux en amande – baisse la selle de son vélo devant chez Madame Guichard, la vieille qui mélange les gens les lieux les années.

Au loin, ses copains : Antonin Gasparini, un blond rondouillet à lunettes, et Mehdi Assaoui, grand maigre et crâne rasé. Les deux trépignent. Si Cyrus tient plus de trente secondes en roue arrière, Antonin lui file un tome de « Chair de poule » et Mehdi son mug Sony. Sinon, ils se partagent sa collection de Pogs. Et Cyrus y tient à sa collection. Plutôt bouffer du Canigou pendant un an que m'en séparer, il a dit. C'est qu'il y a trois jours, il a enfin trouvé le Batman collector, celui avec la bordure lamée or.

Cy enfourche son vélo. Antonin lève une main en l'air... Top départ !

Cy s'élance. À fond.

Il prend de la vitesse, serre la mâchoire puis tire le guidon d'un coup sec.

Le vélo se cabre. Équilibre sur une roue. Début du compte à rebours.

Cy pédale,

... 3... 4... 5...

ne lâche pas des yeux l'horizon.

... 9... 10... 11...

Ses doigts blanchissent, cramponnés au guidon.

... 15... 16... 17...

En vue, la ligne d'arrivée.

Cy se détend. Des roues arrière, t'en as fait à la pelle, tu maîtrises. Il se grise... jusqu'à ce que Chonchon (le chat tigré de Madame Guichard) déboule d'une poubelle et se jette sous ses roues.

Miiiaaaaoouu !

Cy fait une embardée, son vélo bascule ;

vol plané

crash sur le béton.

Étourdissement,

juste deux secondes.

Cy s'assoit sur les fesses. La douleur afflue par vagues. La honte de s'être rétamé aussi.

Il dérouille en silence.

Ses copains accourent. Mehdi, T'y étais presque. Cy, Hmmm, il ausculte le trou vermillon dans son genou puis ramasse son vélo en boudant. Bah voilà, adieu ta collec, il pense.

À ce moment-là, la porte du pavillon d'à côté s'ouvre. Sur le perron, une petite rousse dans une robe Kiabi beige en coton. Ses yeux verts ricochent d'un garçon à l'autre, Vous faites quoi ?

Les garçons louchent sur l'asphalte. Cy la connaît, cette fille, il la croise parfois sur le trajet de l'école ou au terrain de jeux. Ses parents, c'est Serge et Blanche, ses voisins d'en face. Serge travaille à l'usine Colorizol, Blanche est femme au foyer. Sa mère dit toujours Cette pauvre Blanche, Cyrus ne sait pas pourquoi, aussi ça ne l'intéresse pas tellement, comparé à ses copains, sa Super Nintendo et ses figurines Star Wars.

Sauf qu'aujourd'hui, la petite rousse est plantée face à lui. Cy, un vertige. C'est son odeur, savon au lait et grenadine. Dingue ce que ça sent bon, une fille. Il cligne des paupières, son regard dégringole, il y a le lobe charnu de l'oreille, les taches de rousseur qui fleurissent sur l'épaule. Soudain, Cy, c'est comme s'il se fendillait là, entre les côtes.

La fille insiste, Vous faites quoi ?

D'un signe du menton, Cy montre son vélo.

– Des paris.

– Je peux jouer ? elle demande.

Un sourire. Cy ne s'y attendait pas, comment ça éblouit.

Mehdi glisse les mains dans les poches de son short.

– T'as un vélo ?

– Non.

– Faut un vélo.

Par une fenêtre ouverte, le jingle du JT sur France 3 Normandie, on annonce Des records de chaleur ont été atteints aujourd'hui à Rouen, si la canicule persiste, nous conseillons aux personnes vulnérables…

– T'façon, on fait des trucs dangereux, Antonin prévient.

– Ah oui ? chuchote la fille.

– Ouais. Des acrobaties, tout ça.

– C'est pas pour les filles, conclut Mehdi.

Elle fait la moue. Sa bouche, on dirait un petit coussin rose.

– Bah pourquoi ?

Antonin hausse les épaules, Mehdi shoote dans un caillou.

À cet instant, une voix tonne depuis l'intérieur de la maison, Qu'est-ce que tu fiches ? On mange ! De Serge qui surgit dans l'embrasure, Cy ne retient que deux mains immenses et des auréoles de transpiration aux aisselles. La fille fait volte-face et rentre en courant.

Les garçons, muets une minute, puis chacun file de son côté. On se voit demain, Ramène les Pogs, Oui oui, Par contre, le Canigou, c'était pour de faux, hein.

Cyrus traîne son vélo jusqu'à son garage. Il se sent bancal, dehors et dedans, c'est à cause de son genou, des Pogs et surtout, de la fille.

Cette fille, c'est Romane Fauvel.

Partie I
Juillet 2000

The phone rings, in the middle of the night
My father yells, "What you gonna do with your life ?"
Oh daddy dear, you know you're still number one
But girls, they wanna have fun

1

Romane Fauvel et Lola Chaumanet, main dans la main, comme d'hab.

Sur leurs rollers quad, elles sillonnent le lotissement, c'est pareil tous les aprèms, elles font ça en minishorts et ça ne les gêne pas, qu'on voie les cuisses, l'arrière des genoux pâle, la naissance des fesses. Romane et Lola, on dirait des filles papillons, et leurs rires qui virevoltent, ça vrille la torpeur de l'après-midi. Sur leur passage, on accroche des regards, ils palpitent à travers une fenêtre, le pare-brise d'une Renault Mégane, par-dessus une haie.

Dernier demi-tour. Lola freine, On se fait une pause, chou ? J'ai trop chaud ! puis elle attache ses mèches blondes en queue-de-cheval. OK, Romane répond, elle jette sa chevelure rousse en arrière, ça fait des flammèches dans la lumière du soleil.

Lola rajuste les bretelles de son débardeur, se tourne vers Romane, Mate un peu ça. Elle lance une pirouette, les bras croisés sur sa poitrine. Depuis qu'elle a six ans, Lola fait partie du club de roller artistique de Val-de-Seine et au printemps, son groupe a fait l'inauguration du centre commercial « Le Hangar 76 ». Romane sourit à Lola, pense T'as de la chance de traîner avec elle. Cette fille, c'est un aimant une comète une particule de soleil. Quand elle est quelque part, elle absorbe tout le reste.

Lola s'approche, À toi, chou, montre-moi comment t'es canon ! Une claque sur les fesses. Romane prend son élan, sauf qu'avec les vieux patins de sa mère (elle les a rafistolés avec du Scotch double face), elle perd vite l'équilibre. C'est Lola qui la rattrape de justesse. Dans les bras l'une de l'autre, serrées, elles éclatent de rire. Puis elles déchaussent, virent leurs chaussettes. Le goudron est brûlant, elles courent sur la pointe des pieds jusqu'à la pelouse, devant le pavillon des Fauvel. À cette heure-ci, elles sont tranquilles, Serge taffe encore et Blanche est partie faire des courses au Lidl.

À côté du vieux toboggan en plastique rouge et jaune, Romane s'assoit, étire ses jambes nues et le gazon cramé chatouille ses mollets. Sur sa peau, la crème solaire fait des spirales translucides. Derrière elle, Lola trottine jusqu'au tuyau d'arrosage. Elle l'ouvre et asperge Romane par surprise.

– Lo ! T'abuses, c'est glacé ! Romane s'écrie.

Elle regarde son minishort en jean, au niveau du nombril.

– En plus, j'ai l'air de m'être pissé dessus !

Lola se jette sur Romane, elles rient et basculent sur la pelouse. Toutes les deux, allongées au soleil, les cheveux de l'une emmêlés à ceux de l'autre. Entre les brins d'herbe, on se frotte les orteils, ils sont vernis en rose. L'eau coule toujours, faudrait que quelqu'un se lève pour fermer le robinet, sauf que la flemme. Le tuyau crachote. En l'air, les paillettes d'eau font des miroirs miniatures. Si on fixe un moment, on aperçoit un arc-en-ciel.

Quelques minutes plus tard, Lola se redresse sur les coudes. Sur la pelouse d'en face, Cyrus huile la chaîne de son vélo, ça fait déjà une heure, comme si de rien. Il se redresse, ôte son tee-shirt, genre Purée qu'est-ce qu'on crève de chaud, et contracte les abdos. On sait jamais, si ça capte l'attention.

Lola glisse un doigt sous le débardeur de Romane (elles en portent des identiques, piqués la veille chez Pimkie) et lui asticote le nombril.

– T'en as pas marre qu'il te mate ?

– Qui ?

– À ton avis ?

– Ah, Cyrus ?…

– Il me fait de la peine, j'te jure. À chaque fois qu'il te voit, on dirait qu'il va tomber dans les vapes. T'es pas cool, tu pourrais juste lui rouler une p'tit pelle.

Lola se penche sur sa copine et mime *smack smack smack* du bout des lèvres. Romane rigole, Dégage ! et la repousse d'une main.

– Tu délires, on se connaît depuis gamins, elle ajoute. Et puis, on se parle pas tant que ça.

Lola lève les yeux au ciel puis se rallonge contre Romane.

– Chou, t'es mignonne mais t'es vraiment à côté de la plaque.

Et Lola se met à fredonner *You drive me crazy, I just can't sleep*, l'index entortillé aux boucles rousses

À l'autre bout du lotissement, une brune à frange et coupe au carré arrive à vélo. C'est Chloé, en sueur, avec son tee-shirt *Linkin Park*, son jean déchiré aux genoux et sa couche de fard à paupières Nuit électrique. Chloé, le soleil l'éblouit. Elle plisse les yeux, et de loin, elle les repère, Merde, encore elles. Lorsqu'elle passe devant le pavillon des Fauvel, Chloé fixe droit devant. Voilà la moche, susurre Lola à l'oreille de Romane. Sur son vélo, Chloé prend un virage, elle pense, Mais quelles pétasses.

Elle freine au niveau de Cyrus. L'observe des pieds à la tête Tu fous quoi à poil ? Cy, pas grand-chose à répondre, il se rhabille. Chloé, elle a le temps de loucher sur le ventre couleur caramel, le nombril, et la ligne de poils qui descend vers son. Elle déglutit.

Les yeux de Cyrus se paument au-dessus d'elle, vers le jardin d'en face, et Chloé pense Mais qu'est-ce que ça peut être con, un mec, et nul   et bête et naze. Sauf qu'au fond, Chloé regrette, Il fait jamais cette tête-là, quand c'est toi qu'il regarde.

Chloé balance à Cy un numéro spécial de *100 % Gamer*. Il rebondit sur son torse, tombe à ses pieds.

– On devait pas se retrouver au kiosque ?

Une semaine qu'ils galèrent sur Tomb Raider 4. Le plan, c'était d'acheter les soluces ensemble, finir le dernier niveau et fêter ça en mangeant des Magnum. Mais Cy l'a plantée. Chloé a poireauté pendant une demi-heure comme une conne.

– T'as les glaces au moins ?

– Désolé Chlo, j'ai pas eu le temps, je bossais sur mon vélo…

Chloé pense sans le dire, Ouais, t'avais mieux à faire, hein ?

Cy, encore un regard vers Romane. Faut croire que oui.

2

Dans la chambre, on a tiré les rideaux, c'est pour faire ressortir les couleurs de la TV SONY achetée chez Cash Express. Porte et fenêtre closes, volume au max. Pas un brin d'air, ah si, le râle tiède du ventilateur posé sur la table de nuit.

Sur le lit, Chloé dicte les soluces de Tomb Raider 4 à Cyrus, Faut que tu incrustes un rubis dans la colonne pour débloquer la porte. Du revers de la main, elle s'essuie le front, On peut mettre le ventilo plus fort ? Cy, crispé sur la manette, trop concentré pour parler. Chloé se penche, tend le bras vers le ventilo mais Cy, Laisse tomber, il est déjà à fond. Chloé, un soupir, elle s'évente avec le magazine.

– T'as pas oublié un truc ? Comment ça se fait que je reste bloqué ? Cy s'agace.

– Merde, Cy, j'en sais rien.

Sur la lèvre supérieure de Chloé, une pellicule de sueur. Elle lèche, c'est salé, et sur le bout de sa langue, elle sent le duvet qu'elle décolore en cachette avec la crème Veet de sa mère. Chloé s'affale sur le matelas, c'est la chaleur le lit, ça l'alanguit, surtout la cuisse de Cyrus, elle tressaute nerveuse contre la sienne, et dans le ventre de Chloé, ça vibre magnitude 7. Elle pense, Tu voudrais pas la lâcher, ta foutue manette…

Chloé ferme les paupières et se dissout dans l'atmosphère étouffante de la chambre. Souvent elle fait ça, décrocher, se téléporter ailleurs, ça dilue la réalité, à la place, t'y mets ce que tu préfères. Là, elle choisit la lande de Hurlevent, orage, pleine lune et au milieu des herbes hautes, elle et Cy, en méli-mélo.

Chloé, dans ses rêveries, elle n'existe plus pareil. Disparue, la fille introvertie qu'on appelle La Tronche. Celle qu'aucun garçon ne kiffe. Celle qui se trimballe sa virginité comme un insecte écrasé sous une basket. Pourtant, Chloé se persuade, rien à cirer, qu'ils aillent se faire f. Mais il y a l'entaille, invisible là, juste sous le nombril, ça se creuse, à force d'entendre les confidences des autres filles, Tu vas pas le croire, Zoé, elle a patati patata dans la Twingo de sa mère, et Gaëlle, j'te jure, deux mecs la même semaine. Toujours, Chloé se force à rire, pour qu'on croie que, faire comme si.

Retour à la réalité. Cy sursaute, Ça y est ! Chlo, faut faire quoi maintenant ? Il se penche vers elle. Trop vite, trop près. Chloé, l'envie de lui mordre la bouche. Les lèvres de Cy, on croirait un fruit miniature.

– Heu... Derrière la dune, tu vas trouver une jeep et faudra que tu dézingues un gars pour récupérer les clés.

– Yes.

Cy, de nouveau scotché à l'écran. Chloé s'attarde sur son dos, c'est quand même beau, le dos d'un garçon, ça fait l'effet d'une écorce, on voudrait gratter planter ses ongles dedans, peut-être même y graver son prénom.

– Tu veux pas qu'on aille aux docks après ? elle demande.

Cy, sans lâcher le jeu du regard.

– Il a failli m'avoir, ce bâtard... Aux docks ? Pour quoi faire ?

Chloé se dit, Parce que ici, quand t'as pas de thunes pour partir en vacances, t'as le choix entre le centre commercial le lac les docks rester chez toi. Chloé, elle, voudrait voir la mer. Les vagues qui s'enroulent avec le ciel, l'horizon et le soleil dilué dedans, elle croit ça t'entre par les yeux et te déferle jusque dans le ventre.

En attendant, les docks, c'est pas si mal. Il y a la Seine, une promenade bétonnée, des bancs pour les vieux et des carrés de gazon où tu peux t'allonger mais gaffe aux crottes de chien. Ça a son charme, si t'oublies la vue sur les usines et l'odeur d'essence qu'elles crachent les jours de fortes chaleurs.

Chloé attrape un oreiller, y enfouit son visage.

Elle inspire expire. Un shoot de Cy.

Inspire expire. Senteur nuit, salive séchée et déo Axe Hypnotic.

Ça l'écœure. Ça la grise.

3

En fin d'après-midi, Lola feuillette le *Jeune et Jolie* qu'elle a acheté au bar-tabac. Assise dans le canapé du salon, les jambes étendues sur la table basse, elle défait l'emballage d'une Chupa Chups. Puis dans son magazine, elle cherche, voilà la page de l'horoscope.

♌ Lion – 23 juillet – 22 août.
Santé : Vous êtes rayonnante et débordante d'énergie !
Attention toutefois aux petits écarts si vous voulez garder votre silhouette de rêve tout l'été.

Sucette au bord des lèvres. Lola pince le haut de sa cuisse entre ses doigts. La peau se dentelle, fait chier… Bon, OK pour la Chupa Chups, t'auras qu'à pas manger au dîner.

Travail : Une opportunité se présentera à vous.
C'est l'occasion de révéler votre vrai potentiel.
Ne la laissez pas passer !

Amour : Vénus est sous l'influence de Saturne.
Le cœur a ses raisons que la raison ignore.
Prenez les décisions qui s'imposent.

Bien vu d'avoir largué Matthieu avant l'été. C'était la honte, de traîner avec ce trouduc. Les dents de Lola se plantent dans la sucette. Quelques cheveux blonds restent collés à ses lèvres. La bouche de Lola, rose et sucrée, elle ressemble à une fleur carnivore.

Lola enchaîne sur le dossier dédié au look des stars. Détaille les tenues de Sarah Michelle Gellar, le piercing au nombril d'Ophélie Winter, comment Britney Spears assortit son maquillage à ses fringues. Dans ses yeux, ça brille intense, quand Lola repère un accessoire ou une tenue particulièrement canon. Elle corne la page, si ça se trouve, y a moyen de trouver la même chose au Hangar 76. Sans lâcher son magazine, elle saisit la télécommande coincée entre deux coussins. Allume la télévision, M6 à l'écran, c'est l'heure des clips à la chaîne, Lola monte le son.

Dans l'entrée, on claque la porte. Puis un bruit de roues. Thom, Maman va péter les plombs si tu fais du skate sur le parquet, Lola gueule. Depuis le couloir, il répond, Eh bah boucle-la et elle saura rien. Lola, Pfff, et ignore son grand frère qui roule jusqu'au canapé. Thomas, baggy et tee-shirt délavé à la javel, cheveux mi-longs et regard bleu blasé, se la joue Kurt Cobain et c'est vrai, qu'y a un air. Thom traîne une dégaine de beau gosse nonchalant, Lola préférerait crever plutôt que l'avouer.

Thom saute de son skate et s'avachit dans le canapé. Il baille, s'étire, Tiens si j'emmerdais Lola. Lui attrape le *Jeune et Jolie* des mains.

– Tu fais quoi là ? elle s'insurge.

– Hein ? Rien.

Thom roule le magazine et se frotte les aisselles avec.

– J'y crois pas ! Rends-moi ça !

– Attends, faut aussi que je nettoie mes pompes.

Avant que Thom n'approche le *Jeune et Jolie* de ses Vans pourries par le sable du skate park, Lola lui saute dessus. Elle mord son épaule à travers le tee-shirt.

Thom sursaute, Putain, t'es dingue !, s'apprête à riposter. Soudain, à la télévision, un jingle. Lola se fige. Une main sur la bouche de son frère, Ta gueule, Thom ! Il tente de marmonner quelque chose mais, J'déconne pas, ferme-la ! Lola se tourne vers l'écran.

Futures Stars*

Tu sais chanter?
Tu as du talent et tu veux tenter ta chance?
Pour participer aux auditions,
compose le 08 920 920 18

Service payant à 3,50 F la minute auquel s'ajoute le coût d'un appel normal

Générique de l'annonce. Le cœur de Lola *bam babam* à l'unisson. Elle pense l'horoscope, elle pense Ça, c'est pour toi.

4

Au même moment, Serge engage dans le lotissement la Peugeot 206 qu'il a achetée d'occasion. Serge, on dirait un géant, avec ses cheveux roux ras le crâne, ses mâchoires proéminentes et son nez qui bifurque vers la gauche (une beigne de son père quand il était ado, il avait volé une mobylette).

Aujourd'hui, le quartier des Filatures, c'est un rectangle tranché par une ligne de bitume. Il y a dix ans, la mairie a fait détruire les anciens bâtiments en brique pour qu'un promoteur duplique des pavillons en série : maison avec garage, une pelouse, des fenêtres qui lorgnent sur le voisin d'en face. Serge s'est endetté sur vingt-cinq ans pour avoir droit à ça.

Dans la voiture, ça sent la sueur et le tabac froid. Pourtant, Serge l'astique tous les dimanches, sa voiture, et il ne fume plus depuis la naissance de Romane. Mais l'ancien proprio devait cloper comme un cochon, l'odeur a imbibé les sièges. Serge, c'est du parfum du cuir qu'il rêve, quand il mate les modèles d'*Auto Live*. Mais bon, au prix où tu l'as eue, ta caisse, tu pouvais que fermer ta gueule.

Serge sourit, il dégaine sa télécommande. Au moins, t'as ta porte de garage électrique, tu taffes pas dur pour que dalle. Une fois garé, il inspecte la carrosserie. Toujours. Il fait ça matin et soir. Puis il entre à l'intérieur de la maison.

Dans le salon, Romane lit un *Fan 2* prêté par Lola, allongée sur le canapé. Pas vu le temps passer, d'habitude, elle s'arrange pour être dans sa chambre quand son père rapplique. Quand elle aperçoit Serge, Romane se fige. Silence.

Serge, un nœud dans la gorge. C'est à cause
des cuisses où s'effiloche le short en jean
du nombril à l'air
des cheveux, en étoile sur l'accoudoir.
Merde, tout ça, c'est ta fille. Serge déglutit, Elle est où, ta mère ? Faut bien trouver quelque chose à dire. Romane se lève, sans un mot. Son magazine à la main, elle contourne le canapé puis file à l'étage.

Serge, en lui-même, Putain, on est toujours aussi bien accueilli dans cette maison, puis va se chercher une bière dans la cuisine. Alors qu'il ouvre le frigo, il réprime un haut-le-cœur.

Toutes ces odeurs,
celle de sa voiture au rabais
celle des produits chimiques du travail
celle de jeune femme qui imprègne la baraque
c'est à te tordre l'estomac.

5

Zoom

Dans la lentille, la lune. Elle luit argentée.

Dézoom

Le ciel flou, c'est à cause du voile de pollution. Cy fouille la nuit, zigzague entre les étoiles.

L'été, il sait, on peut observer Mars, Tiens là, tu la vois rouge qui scintille, Saturne aussi, il a appris, il n'y a pas longtemps, il pleut des cristaux de carbone là-bas, T'imagines, dans le ciel une tempête de diamants ?

Aussi, il rêve, lui sur la Station spatiale internationale, la vue de ouf, Vas-y, un jour, tu verras ça en vrai, les continents luminescents, le bleu qui les découpe, l'immensité autour. De là-haut, Val-de-Seine, c'est sûr, ça n'existe même plus.

Changement de cap – descente vers la surface.

Un carré de lumière, une fenêtre, la maison d'en face.

Ses yeux papillonnent, la lueur les attire, il hésite.

Zoom

Il ajuste la vision. Flou/net. Pleins feux, c'est la chambre de Romane.

Les rideaux ne sont pas tirés, à l'intérieur, on voit tout : le lit défait, le short abandonné par terre, une peluche dans le coin d'une armoire. Alors ça ressemble à ça, la chambre d'une fille, Cyrus se dit. Entre ses côtes, ça crépite. Cette intimité, comme s'il s'engouffrait dedans, il en invente le parfum – savon sucre peau après le soleil – cette intimité, une fois que tu l'as eue au bout des yeux, il comprend, ça chamboule tout.

Tout à coup, Cy recule son visage du télescope. La honte, de mater... Et puis, juste, t'as pas le droit. Les remords, mais. Il se rapproche de la lentille à nouveau. En lui-même, ça dialogue contradictoire, après tout, Romane, elle sait que ses rideaux sont ouverts, c'est qu'y a rien qui la gêne.

Flou/net. Au centre de la rétine, des volutes de cheveux roux. Cinq secondes plus tard, ils disparaissent hors champ. Cy court après, les rattrape. Vertige des mèches en spirales.

Sa vision dérape. Oh, une petite culotte. Gros plan. Coton rose, un nœud, liseré de dentelle blanche. Triangle de tissu abrasif. Brûle palais et bas-ventre.

Dézoom

Merde, mais qu'est-ce que tu fais ? Tu déconnes complètement là. Cy repousse le télescope sur le côté, se passe la main sur le visage. Faudrait détacher les yeux, sauf que. Là, en face, à travers la fenêtre, il y a Romane qui danse. De partout, son corps ondule. Ventre serpent. La chevelure dégouline. Ses mains, elles effleurent la taille les hanches le nombril.

Cy regarde encore, il sait qu'il ne devrait pas. En loucedé, comme ça. Mais c'est que cette fille, elle est. Tellement.

Dans sa chambre, Romane s'approche du miroir, elle soulève son débardeur. Elle se mate de face, de profil, tire sur la peau du ventre. Presse ses seins l'un contre l'autre. Sur son visage, l'air déçu. Cy pense, Me dis pas que t'es pas contente, t'es magnifique t'es canon de partout, tu comprends ? En boudant, Romane s'approche de la fenêtre et se penche à l'extérieur. Cy sursaute, se jette en arrière. Un moment, Romane respire la nuit. Puis ferme les rideaux.

Longtemps, Cy s'incendie. Longtemps.

***

La chambre semble plus petite qu'elle ne l'est, la faute au papier peint parme et sa frise de pivoines en relief. C'est sa mère qui l'a choisi quand elle était enceinte. Aujourd'hui, Romane le recouvre d'affiches de films : *Requiem for a Dream*, *Virgin Suicides*, *American Beauty*, *Titanic*.

À travers la fenêtre, la lumière d'un réverbère. Ça transperce, elle s'écrase en flaques sur la moquette, le bureau où traînent les fringues sales et le lit, dessous il y a la vieille paire de rollers. Dans l'armoire, les affaires d'hiver sont à gauche, celles d'été à droite, et tout au fond d'un tiroir, trois strings achetés en secret. Sur le mur, on voit une mosaïque de photos, dessus il y a Lola et Romane, juste elles. Sur une étagère, des romans et des magazines s'entassent, à côté, un flacon de parfum, une statuette de la Vierge Marie (cadeau de première communion) et suspendus autour, un chapelet, deux colliers en toc et un haut de bikini orange.

Romane, recroquevillée sur son lit,
elle n'arrive pas à dormir
c'est à cause de ce qui se passe de
l'autre côté de la cloison
si fine on dirait une feuille à cigarette
Romane entend tout
les soupirs les grognements sourds
Contre le mur, son front brûlant
la tapisserie lèche la sueur
Ces bruits, mais putain qu'est-ce qu'il lui fait
un bulbe de papier germe au milieu des fleurs

Ces bruits, mais putain c'est pas
comme dans les livres les films, ces bruits
qu'est-ce que t'en sais, toi
ça résonne pas comme l'amour
elle en est sûre, ces bruits
ce sont les râles d'un Ogre
Et Romane entend tout
Pourquoi Maman accepte
tu sais bien, parce que
les mains d'acier et la voix tonnerre
Romane, l'envie de rentrer en elle-même
jusqu'à disparaître
et le lendemain ignorer
les cernes   la bouche et au coin l'hématome
de Blanche
Mais Romane entend tout
Elle s'enfouit sous les draps
mord fort dans le débardeur qu'elle portait cet aprèm
le débardeur, elle le serre contre son cœur
telle une prière
Imprégnés dans le tissu
des effluves de *Lolita Lempicka*, le parfum de Lola
se déposent sur sa langue.

6

L'été à Val-de-Seine, c'est souvent qu'on entend, On se fait chier, non ? (Cy à Mehdi) ; J'en peux plus de tous ces beaufs (Lola) ; Vivement que j'me barre… (Chloé, pour elle-même).

Sauf que mi-juillet, Gabriel Orsini rentre de Rouen pour passer les vacances avec sa mère, Sylvie. Fini l'internat, il a eu son bac, dans deux mois ce sera HEC, il compte bien profiter de l'été. Gabriel, son sourire sa belle gueule. De quoi torpiller la torpeur et l'ennui.

Les Orsini habitent Jouvenel, le quartier situé sur les hauteurs. Là-bas, il y a des maisons de maître frangées de glycine, des jardins ombragés et autour, le parfum des fleurs en nuées. Les ruelles, si calmes, hormis les tondeuses à gazon le dimanche et un ou deux cambriolages par an, quand un propriétaire part en week-end à Deauville.

Or cet été, à Jouvenel, c'est le foutoir. Parce que, Gabriel, avec son visage délicat et sa peau dorée, ses cheveux bruns mi-longs et ses yeux toujours à demi fermés comme deux lèvres qui soupirent, c'est une effervescence ambulante.

Tous les jours, dès 9 heures du matin, devant chez les Orsini, un défilé sans fin d'adolescentes. Gabriel, il émerge à midi, l'haleine pleine de baisers et de sommeil. À côté de lui, une fille dort encore. Il a hâte de la réexpédier chez ses vieux.

Lorsqu'il sort pour fumer sa première Marlboro, il trouve,

sous son paillasson, un emballage de chewing-gum Hollywood au citron. Dedans, on a écrit

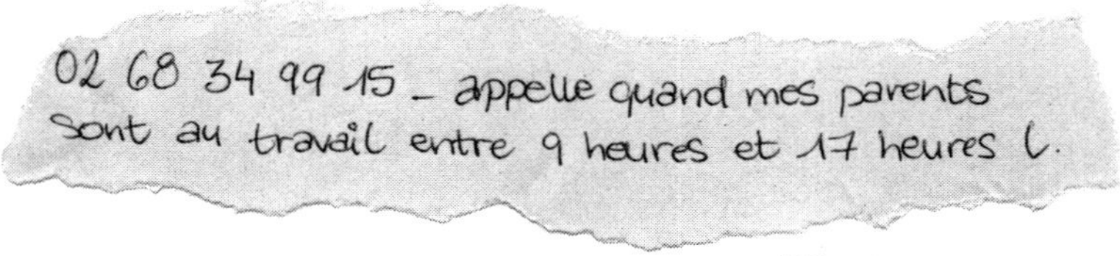

une culotte (propre) et dessus, 

au feutre Velleda, coincée dans le pare-brise de son Audi TT un poème piqué dans le rosier du Bengale de Sylvie.

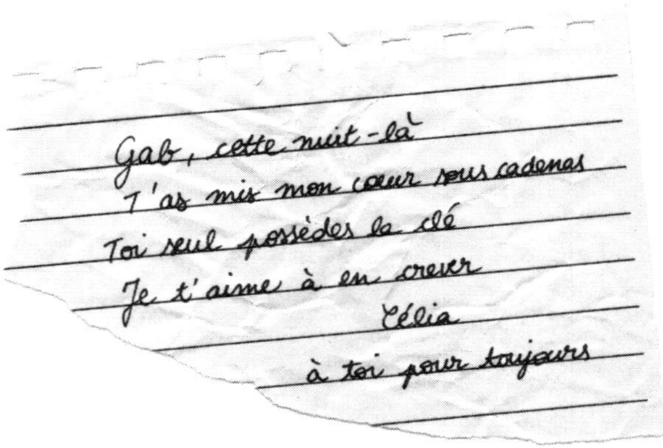

Il balancera tout, après sa douche, dans son tiroir à caleçons.

Gabriel, on raconte qu'il n'était pas si canon jusqu'à l'année dernière. Aussi, sa métamorphose, tout le monde cherche pourquoi comment.

Simon Polin, meilleur copain de Gabriel du CM2 à la troisième : Dans son lycée, y avait une salle de sport de dingue, équipée de machines et tout. C'était marqué dans le prospectus qu'on a reçu dans la boîte aux lettres. Du coup, c'est pour ça, les muscles et tout.

Madame Dauvigny, veuve de l'ancien directeur du Hangar 76 : Gabriel, c'est sûr, il tient ça de son père. Quel homme charmant, ce Monsieur Orsini, et avec une belle situation en plus. Dommage qu'il soit parti vivre à Marseille, c'était le rayon de soleil de Jouvenel, dire que Sylvie l'a laissé tomber du jour au lendemain, c'est à n'y rien comprendre, et pour une femme en plus, vous vous rendez compte.

Hélène Albaladejo, la sœur d'une ex de Gabriel : Gabriel, il a pris des cours particuliers avant son bac. Avec une nana en maths spé plus âgée, un cageot mais elle savait des choses. Pendant les révisions, elle lui a appris à faire un cunni, comment jouir en même temps et aussi des techniques de tantrisme indien.

Voilà, pourquoi et comment, l'amour. On sait, ça change un homme.

***

Ce matin, Gabriel, en maillot de bain à fleurs hawaïennes et paire de Ray-Ban, allongé sur un transat au bord de sa piscine. Assise à califourchon sur ses fesses, Mathilde Leroy, elle lui masse le dos et à travers sa robe en coton blanc, on devine ses tétons sa culotte. Sans se plaindre, elle obéit, Plus bas… à gauche… encore plus bas, ouais c'est là, vas-y appuie fort avec ton pouce, et l'huile de massage ruisselle partout. Sur son vernis pêche, les pointes de ses tresses blondes, sa nouvelle robe American Apparel, sûr que les taches ne partiront jamais au lavage. Mathilde s'en fiche. Son doigt qui glisse parfois sous le maillot de Gabriel, ça vaut bien de foutre en l'air une robe.

Gabriel, lui, commence à s'agiter. Son dernier pétard, c'était il y a trois heures, il sait comment ça fait, quand les effets se dissipent. L'indifférence s'estompe. Flot d'émotions. Dans son esprit, une voix parasite, Quand est-ce que tu vas le voir pourquoi il appelle pas putain il habite pas à l'autre bout de la planète non plus c'est qu'il s'en fout de toi ou alors il est vexé parce que Maman l'a viré pour une meuf d'ailleurs elle te parle jamais de lui elle assume pas en fait est-ce qu'on sera ensemble à Noël ?

Gabriel, sa main pend d'un côté du transat. Il palpe le gazon, récupère un sachet en plastique. Vide ? Merde, mec, t'es à sec. Tu peux pas rester sans rien, ça craint.

Sans prévenir, il se relève. Mathilde manque de tomber. L'huile de massage en flaques sur ses sandales.

– Merde, elles sont à ma sœur, elle va être furax !

Gabriel passe un bras autour de son épaule.

– Ma belle, va falloir que t'y ailles. Je dois me concentrer pour le tennis cet aprèm. Et avec ton joli cul dans les parages, y a pas moyen.

Ray-Ban baissées + clin d'œil.

Mathilde boude, Gabriel lui plaque une bise au coin de la bouche. Entre le transat et un palmier nain, il la laisse, le cœur en feu. Elle trouvera bien la sortie toute seule.

***

Gabriel fait crisser les pneus de son Audi dans la descente de Jouvenel. Faut compter un quart d'heure jusqu'au terrain vague, derrière le skatepark, c'est là qu'il achète.

Il accélère. Urgent de s'embrumer la tête.

Fenêtres fermées, clim, clope coincée entre deux doigts. Les nuages de Marlboro s'écrasent sur le pare-brise, dans un virage, la cendre fait des confettis.

Gabriel pousse le volume de la radio à fond.

It's my life
It's now or never
But I ain't gonna live forever
I just want to live while I'm alive
It's my life.

7

Cy, devant le bac des jeux vidéo d'occasion, à Micromania. Il a vingt balles sur lui, c'est son argent de poche pour le mois, pas sûr que ça suffise. Il fouille, *flap flap flap*, du bout des doigts, les jaquettes défilent. Cy, il a de belles mains, ses phalanges, longues et fines, on dirait des tiges de plume. Il paraît qu'il les tient de sa grand-mère de La Réunion, il ne l'a jamais connue, l'île non plus, d'ailleurs.

La climatisation du magasin ronronne comme une pompe de piscine. L'air chahute les cheveux de Cy, ça dévale sur sa nuque, la sueur figée plaque le col du tee-shirt à la peau.

Un jeu dans l'espace, Cyrus cherche, un truc où tu pilotes un vaisseau, où faut slalomer entre les astéroïdes. Avec son père, il a regardé tous les *Alien* et les *Star Wars*. La vitesse de la lumière, l'espace-temps qui se tord, l'immensité à découvrir, il tripe. Souvent, Cy s'imagine se déployer ailleurs, quelque part entre la stratosphère et l'infini. D'ailleurs, Cosmonaute, il répondait petit, quand on lui demandait ce qu'il voulait devenir. Même la façon dont on souriait à demi, et le silence ensuite, ça ne l'a jamais dissuadé.

L'autre soir, pendant le dîner, il regardait un reportage sur France 5 avec ses parents. Ça parlait de Michael Collins, le pilote des missions Apollo 11 et Gemini 10. C'est grâce à lui qu'on sait arrimer ensemble deux engins spatiaux, c'était fou à l'époque, et Collins, avant d'être cosmonaute, il était pilote de chasse à l'US Air Force. À Cyrus, ça lui a donné des idées. Pour intégrer le Corps européen des astronautes, faut faire des études à rallonge, ça coûte une blinde. Cyrus n'est pas con, il sait, ce n'est pas donné à tout le monde. Mais bon, histoire de s'entraîner, pourquoi pas chercher un simulateur de vol ou un truc dans le genre ? Déjà, ça te donnerait les sensations, il se dit, sans doute qu'il y a des jeux vidéo qui ressemblent à ça.

Flap flap flap, Final Fantasy VIII, Crash Bandicoot, *flap flap flap*, Resident Evil 2, Metal Gear Solid,
Cyrus pense, l'avenir

Pas le garage Pas le centre commercial Pas le McDo Pas le collège Pas la poste Pas le marché Pas la mairie Pas le bus Pas le cabinet médical Pas le kebab Pas le barbier Pas le bar-tabac Pas le crématorium Pas la gendarmerie Pas le camion pizza Pas Carrefour Pas les échafaudages Pas les usines Pas la station-service

Plutôt les étoiles Oui les étoiles.

***

Au bout de la ligne, juste le temps d'entendre : Code Acathla, rendez-vous à l'arrêt du 18 !
Et Lola raccroche. Aussitôt, Romane, son cœur s'endésordre. Le Code Acathla, ça vient de *Buffy contre les vampires*, l'épisode où Buffy tue Angel pour éviter l'Apocalypse, c'est réservé aux évènements extraordinaires. Romane fonce hors de chez elle.

Quinze minutes plus tard, à l'arrêt de bus, Lola saute dans ses bras.
– Chou, tu vas pas le croire, je suis prise au casting de *Futures Stars* !
– Mais c'est dingue !

Cri de joie suraigu, ça vrille vers le ciel. Puis elles s'étreignent fort, Vas-y, raconte ! Les filles s'assoient sur le banc. C'est brûlant, le métal contre leurs cuisses, elles gigotent. Sous l'abribus, le soleil s'emprisonne, les parois font verrière, et la lumière explose en particules dorées dans les cheveux de Lola.

– Alors, j'ai appelé le numéro de la télé et une meuf a pris mon nom, mon âge et mes mensurations. Parce que tu vois, si t'es une vieille de trente ans ou si t'es mal gaulée…

– … ils t'éliminent direct, Romane finit.

Lola, oui oui de la tête. Un sourire, et Romane en miroir, le même.

Dans la rue, ça pétarade. Scooter à l'approche.

Le gars qui conduit, c'est un blond à casquette Nike et boutons d'acné sur les pommettes. Les filles, il les a repérées de loin. Lorsqu'il passe devant elles, il ralentit, crache dans le caniveau. Puis coup d'accélérateur, *vroum vroum*, gerbe de gravillons, l'air de Hé, vous avez vu ça ? Romane, une grimace. Elle se rappelle les oiseaux, elle a vu un documentaire à la télévision, eux déposent des brindilles devant la femelle avec qui ils veulent s'accoupler. OK, elle pense, nous on a le droit aux crachats, trop classe.

Lola s'agrippe à son coude.

– Donc, j'ai répondu que j'aimerais devenir un modèle pour les filles de notre âge, tu vois ? Genre Geri Halliwell. La meuf m'a dit qu'il restait à envoyer deux photos par la poste et une autorisation parentale. Ma mère a accepté de suite, elle était trop fière !

Romane replie ses jambes en tailleur. Son Levi's 501 est troué aux genoux, on voit deux rectangles de peau blanche.

– T'as envoyé lesquelles, de photos ? elle demande.

– Un portrait pris par mon oncle à l'anniversaire de Mathilde, ma cousine. Et une photo de nous deux l'été dernier au lac. Tu sais, avec mon maillot Banana Moon, celui qui m'a coûté la peau du cul. T'inquiète, j'ai découpé la partie où t'étais.

Soudain, Romane, le visage fermé. De sa main libre, elle saisit son pendentif entre ses doigts, c'est une moitié de cœur en toc. L'autre partie, c'est Lola qui la porte. Forcément.

– Quand la meuf m'a annoncé que c'était bon, j'ai failli me pisser dessus !

Lola, toute cette joie, faut qu'elle partage. Elle cherche le regard de Romane. Il se dérobe. Chou, qu'est-ce que t'as ? Romane, Rien rien, je suis super contente pour toi. Arrête, je sais quand tu fais ta sale tête ! Et comme Romane l'esquive encore, Lola lui plante ses dents dans l'épaule. Aïe ! T'es con ou quoi, arrête ! Lola l'emprisonne, mordille, légèrement. Ça fait mal. Pas que. Romane lutte, pas longtemps, éclate de rire. Lola lâche prise.

– C'est mieux. Alors ?

– Pourquoi t'as découpé notre photo ?

– Oh merde, c'est pour ça que tu fais la gueule ?

– Ça me fait bizarre, c'est tout.

– Chou, j'capte pas.

Romane, comment expliquer, elle n'est pas sûre. Sur son épaule, la salive de Lola trace un cercle mouillé.

– Avec ce casting, tu vas m'oublier.

– C'est quoi ces conneries ? Comment tu veux que je t'oublie !

La bouche de Romane se serre, ça fait un bourgeon rose.

– C'est clair que tu vas rencontrer des gens super cools et au final, t'en auras marre de Val-de-Seine. Tu partiras, et moi, je resterai coincée ici toute seule.

Lola, Hein ?, elle attrape le menton de Romane. Ça rapproche les visages, les cils, les regards. Les haleines pêle-mêle.

– Jamais, t'entends ! T'es ma sœur, t'es mon amour. Partout, je t'emmène avec moi.

L'après-midi s'illumine, ça vire à l'orange feu. Dans la lumière qui incendie l'abribus, les mots de Lola, on dirait une promesse.

Tout doux, les filles s'écartent l'une de l'autre.

– Au fait, sans vouloir te vexer, chou, t'as pas l'air fraîche, Lola dit.

– Je dors trop mal en ce moment.

Lola sait. Plusieurs fois, elle a proposé à Romane d'envoyer Thom et ses potes du skatepark casser la gueule à l'Ogre. Elle refuse, toujours, ça reste son père malgré tout.

– T'as envie d'en parler ?

Romane, non non de la tête.

– Au fait, on va au Hangar 76, Lola reprend. Tu sais, pour le casting, faut que je prépare une chanson.

– Tu sais déjà quoi ?

– Non. Par contre, j'ai trouvé la robe…

Soudain, l'excitation qui cogne fort. Lorsque le 18 arrive, Romane et Lola se précipitent à l'intérieur, main dans la main.

***

Arrêt – Les Filatures

Vite au fond du bus
Romane s'assoit sur les
cuisses de Lola.

Fait trop chaud. Ça schlingue.
Elles partagent un Malabar,
goût fraise et banane.

Arrêt – Les Docks

Romane murmure
au lobe de Lola comme
dans un coquillage.

Lola se marre et
son rire d'oiseau transforme
le bus en volière.

Arrêt – Centre-ville

Les yeux des garçons
avalent partout la peau
les bouches et les hanches.

Ils pensent Mais quelle
saveur ça peut bien avoir
des filles pareilles ?

Arrêt – ZAC

Romane et Lola
en rajoutent. Elles font des nœuds
de jambes et de doigts.

Sur la fenêtre, un
tampon de buée. Lola
y dessine un cœur.

Arrêt – Stade Diochon

Feu rouge. À travers
la vitre, le regard de
Romane s'égare

sur la caisse d'à
côté, une Audi TT
bleue. Dedans, Gabriel.

Dedans, Gabriel
s'étouffe avec la fumée
de sa clope. C'est qui

la fille dans le bus ?
Et au creux de la poitrine,
pourquoi ça te brûle ?

Pouls qui accélèrent.
Le feu orange puis vert –
trop vite. Ils se perdent.

Arrêt – Hangar 76

Soleil en éclats.
Elles filent vers l'entrée du
centre commercial.

Et dans le parking,
Romane cherche une Audi
bleue, juste comme ça.

8

– Prépare-toi chou, tu vas halluciner…

Dans la vitrine, la collection d'été, éclairée par deux spots jaune et rose. Les quatre mannequins en plastique, elles sont foutues à l'identique, on se demande, c'est supposé ressembler à des humaines ?

Lola, l'index sur la vitre, elle chuchote, son haleine sent encore le Malabar à la fraise.

– Mate-moi cette merveille.

C'est une robe moulante à bretelles fines. La lumière éclabousse le satin cerise, les reflets ont la teinte cramoisie d'une langue.

Romane, des robes aussi canon, elle n'en a vu qu'à la télé. Jamais en vrai. Ni d'aussi près.

– Elle est… parfaite, elle dit.

On contemple, dans les yeux, ça scintille pareil.

– Le jury, je vais l'enflammer, Lola ajoute.

Romane, pas le moindre doute. Elle sait les hanches de Lola qui ondulent, sa peau comme de la soie, et quand elle te fixe, son sourire, la tête légèrement penchée de côté. Fille qui capture les regards. Ça marche à chaque fois. Alors avec cette robe…

Romane rapproche son front de la vitre.

– Merde, t'as vu le prix ?

– Ouais mais ça, c'est pas un problème.

Lola pourrait demander de l'argent à ses parents. Son père, il dirige une entreprise de fenêtres double vitrage et depuis quelque temps, il équipe des établissements de luxe à Étretat, Deauville et Honfleur. Donc Lola aurait pu. Mais non…

– Tu te rappelles les débardeurs de Pimkie ?

… Elle garde ses anciens réflexes.

De suite, Romane croise les bras sur la poitrine.

– T'abuses, Lola.

– Dis-toi que c'était une répétition.

– C'est non.

Lola s'agrippe à elle. Lui fait des yeux de gamine qui t'attendrit pour des Polly Pocket.

– Cette robe, il me la faut ! Si je vais au casting avec, j'ai gagné.

Silence.

– Allez chou, steuplé ! C'est pas pareil si tu le fais pas avec moi !

Silence *bis*.

– On s'est promis qu'on serait toujours là l'une pour l'autre !

Romane, un soupir. Son regard, il vacille une seconde. C'est juste assez, Lola flaire la faille.

– Et celle d'à côté, c'est pour toi.

D'un signe de tête, elle montre une robe à sequins nacrés. Elle miroite de partout, dans les coutures, on croirait des fragments de coquillage.

– On pourra les mettre pour la fête du Lac. Les autres meufs, elles vont crever de jalousie.

– J'ai jamais le droit d'y aller.

– Ouais ben cette année, ça va changer.

Romane esquisse un demi-sourire. Gagné. Lola se jette dans ses bras, *smack* sur la joue, puis elle l'entraîne à l'intérieur du Zara.

De suite, la chair de poule. Sans doute l'air conditionné. Ou les dizaines de fringues multicolores. Et l'adrénaline qui monte par à-coups.

– Faut pas montrer qu'on kiffe les robes, Lola avertit.

Romane, un battement de cils, OK.

La vendeuse, une brune à chignon, *crop top* fleuri / pantalon en similicuir prune, s'approche.

– Je peux vous aider, mesdemoiselles ?

Sourire. Mini-diamant incrusté dans une dent.

– Faut qu'on s'habille pour le remariage de notre père, répond Lola avec aplomb.

– On va vous trouvez ça. Suivez-moi.

La vendeuse sillonne les rayons. Fait défiler les tenues. Les filles, Oh on adore !, à tout. Dix minutes plus tard, elles arrivent au niveau de la vitrine. Là, si près des robes, Lola et Romane, ça palpite au niveau du nombril.

– Celles-ci ne sont pas encore en magasin, la vendeuse explique. Si vous voulez mon avis, ce sera nos best-sellers de l'été.

Romane muette, Lola fait la moue.

– C'est pas un peu voyant pour un mariage ?

– Oh non, sur vous, ça sera adorable. Et puis, à votre âge, on peut tout se permettre !

Clin d'œil. Lola ne bronche pas. Fait croire que.

– On peut toujours les essayer, elle lâche.

La vendeuse file chercher les robes dans l'arrière-boutique.

La même cabine d'essayage. Romane et Lola, c'est souvent qu'elles se déshabillent ensemble. La dernière fois, dans la salle de bains des Chaumanet, elles piquent un Gilette neuf à Thom et se rasent les poils du pubis en forme de ticket de métro. Ça fait femme, elles trouvent, alors tant pis pour les démangeaisons, le siphon de la baignoire bouché par les poils et le furoncle que Lola se chopera à l'aine, on la mettra sous antibios.

Dans la cabine, les filles sont en sous-vêtements – strings, corbeille push-up pour Lola, triangle en coton pour Romane. Face au miroir, Lola lui prend la main.

– Chou, regarde.

Et c'est leur reflet qui les happe.

Un moment, elles s'observent. Les seins comme des sorbets vanille, les nombrils où on a envie de glisser la langue, la courbe des jambes et à l'intérieur, ça doit être sucré et tendre.

Sans se parler, elles devinent. Qu'elles le sont. Très. Elles sentent, la peau, dessous ça crépite, et les garçons, ils feraient n'importe quoi pour se cramer à elles, elles sentent, ce feu dans ton corps, ça te rend puissante.

Lola se tourne vers Romane.

– La vendeuse, elle a raison. On peut tout se permettre.

Chacune enfile sa robe. Impatientes, pleines de précaution à la fois, la sensation de saisir un trésor. C'est émouvant, tant de brillance entre les doigts. Les tissus lèchent les corps, ça coule le long des côtes puis sur les os du bassin. Les filles étouffent d'excitation. Merde, du calme. Pas le moment de tout foirer.

– Tourne-toi, Lola murmure. Puis elle sort deux fourchettes de son sac à dos.

Elle insère la première entre l'antivol et le vêtement. Pareil avec la seconde, à l'opposé. Puis les fait jouer entre elles, comme un engrenage.

Poc ! L'antivol tombe par terre.

– Trop forte. T'as appris ça où ?

– Vince.

– Ah.

Vince, c'est un gars avec qui Lola est sortie l'été dernier. La vingtaine, saisonnier au camping d'Yville-sur-Seine. Son truc, c'était de voler des fringues pour les offrir à une fille, en échange, il espérait se faire sucer la bite. Lola l'a largué au bout de quinze jours.

– Vas-y, plie ta robe jusqu'aux cuisses et rhabille-toi par-dessus.

Romane s'exécute pendant que Lola s'occupe de son antivol. En moins de trente secondes, c'est réglé. Cinq minutes de plus et la voilà rhabillée, elle planque de nouveau les fourchettes au fond de son sac.

– On fait quoi avec ça ? Romane demande, l'antivol à la main.

– On les laisse par terre et on recouvre avec les fringues.

Feulement des robes sur le sol. Lola et Romane, une inspiration T'es prête ?, et elles quittent la cabine.

Aussitôt, la vendeuse, Alors ? Lola hausse les épaules.

– On préfère revenir avec notre père, histoire d'avoir son avis.

La vendeuse, son sourire, toujours le même.

– Si vous avez besoin de moi, n'hésitez pas.

Oui oui, puis les filles s'éloignent ; la sortie, droit devant.

Les pas s'accélèrent, le pouls aussi. On passe le portique. Rien ne sonne.

Bientôt, Lola et Romane sont hors de vue, elles explosent de rire et dévalent l'escalator.

Quand la vendeuse trouve les antivols, Lola et Romane sont déjà à l'arrêt de bus. Le 18 approche, il crève les volutes de chaleur crasseuses au-dessus du goudron. Coincées dans les jeans, les robes frottent la peau, elles dessinent de petits suçons rosés sur les cuisses.

9

Quand elle n'est pas avec Cyrus, Chloé révise. Dans sa chambre, à la bibliothèque, pendant un trajet en bus… Partout. Tout le temps. Aujourd'hui, c'est au salon de coiffure de sa mère, Nadine. Au fond, on a installé une table recouverte d'une toile cirée, pile sous le ventilateur du plafond, à l'écart du fauteuil réservé aux clientes.

Chloé sort ses fiches Bristol. En juin, sa prof de français a distribué une liste de livres pour anticiper l'année de première. Objectif de Chloé : les avoir tous annotés avant septembre. En ce moment, elle planche sur *Jane Eyre*.

Avant de s'y mettre, elle lève la tête, le ventilateur *flap flap flap* sauf que l'air brassé reste chaud, c'est à peine s'il balaie sa frange. Elle ferme les yeux. Essaie de se concentrer. Pas facile, ici.

Il y a Madame Bardon, enveloppée dans une cape de coiffure noire, Nadine lui pose une couleur acajou. Sans souffler, la cliente commente un article de *Gala*, Vous savez, elle était sur un tournage et c'est là qu'elle a décidé d'adopter un enfant, alors on peut dire ce qu'on veut de cette Nicole Kidman, d'ailleurs, à mon avis, elle est anorexique, regardez comme ils sont maigres ses bras, c'est terrible, en tout cas, voilà la preuve qu'il reste encore des personnes généreuses en ce monde, vous imaginez la vie de rêve qu'il va avoir, ce petit ?

Aussi, il y a la toile cirée, ça couine quand sa main glisse dessus, ses fleurs roses on dirait des mamelons.

Surtout, tous ces parfums, concentrés dans l'atmosphère du salon. La laque industrielle, Nadine l'achète à prix cassé lors de déstockages, l'eau de toilette au jasmin de Madame Bardon et *Angel* dont s'inonde Chloé (elle a ses règles, c'est pour cacher l'odeur).

Chloé rouvre les paupières. Mâchonne son stylo. Observe sa mère, ses cheveux châtains et au milieu, la ligne de racines argentées, les petits réseaux de rides au coin des yeux qui capturent les résidus de mascara. Nadine, un sourire. Son sourire, toujours, on croirait une excuse. De s'être fait larguer enceinte. De n'avoir pas assez. De n'être que. Ce sourire, Chloé, ça l'a décidée à bosser comme une dingue.

Elle se souvient, un soir avant les vacances de Noël, pendant son année de quatrième. Elle regarde un épisode de *Charmed* à la télé, dans le canapé du salon. Nadine, à côté, fait les comptes sur un de ses vieux cahiers. Sur la table, des tickets de caisse et une calculette. Front plissé, doigts nerveux, puis un soupir de soulagement. Chloé capte, Oui, on va s'en sortir ce mois-ci, pas la peine de téléphoner au daron. De toute façon, il ne rappelle presque jamais, encore moins s'il s'agit d'argent. Pour Chloé, c'est l'électrochoc. Soudain, elle éteint la télévision, saisit le premier bouquin qui traîne et s'assoit pour lire près de Nadine.

Chloé, les doigts croisés sous la table. En silence, elle prête serment. Hors de question, une vie moyenne avec un mec moyen (s'il se barre pas en cours de route) où tu t'épuises à taffer pour une maison Phénix préfabriquée, une Citroën C5 break et des vacances au camping une fois par an.

Non, tu feras des études. Brillantes. À dix-huit ans, tu te casseras de Val-de-Seine et t'y foutras plus jamais les pieds. Ensuite, elle imagine une grande ville, avec un métro, des parcs, des musées et dans le centre, son minuscule studio, Tu prendras un job de serveuse à mi-temps pour te le payer. Puis diplôme avec mention, un travail intéressant, pourquoi pas dans le journalisme ou la culture, Et avec ton salaire, tu trouveras un joli appart pour ta mère, il aura un balcon ; le week-end, vous irez toutes les deux en terrasse boire des cappuccinos très sucrés et hors de prix.

– Je vous assure que Madonna, elle est refaite des pieds à la tête.

La voix de Madame Bardon. Retour à la réalité.

– Vous ne croyez quand même pas qu'à son âge, on a encore les seins si bien accrochés ? Vous allez me dire, si j'avais son compte en banque, moi aussi je me ferais arranger deux ou trois trucs… Finalement, la beauté et la jeunesse, c'est comme tout, hein, ça s'achète.

Chloé s'étonne, la cliente arrive encore à déblatérer avec le crâne plongé dans le bac à shampoing. Nadine, Hmmm, et poursuit son massage du cuir chevelu. Les gestes doux, précis, et ses épaules frêles, elles sont légèrement courbées, on devine, c'est la fatigue et les désillusions. Chloé pense, T'es si discrète, des fois, c'est triste je trouve, tu sais, Maman, tu ressembles à un dessin au crayon qui s'estompe. Chloé observe un instant, puis baisse le visage. Maman, j'te jure qu'un jour, on aura droit à mieux que ça.

10

Serge déteste les œufs mollets. Pire, ça lui donne envie de gerber.

Combien de fois faudra que tu le répètes à Blanche ? L'œuf dur, c'est neuf minutes.

Serge, la bouche tordue. Il examine l'intérieur du Tupperware. Le jaune d'œuf partout, il imbibe le riz, les dés de concombre et les tomates en quartiers. Pas question de bouffer ça.

Serge se lève, jette sa salade à la poubelle, se dit Me ferais bien un KFC. Puis il quitte la salle de restauration de Colorizol, un Algeco avec trois vitres rectangulaires et un sol en lino. Dehors, il se dirige vers les hangars situés sur les quais. Derrière le numéro 7, il y a un spot dans un angle mort, tu peux te caler tranquille.

Au-dessus de lui, le ciel est couleur d'acier
et l'usine découpe
la lumière
se fracasse sur les bâtiments   la tôle   la Seine
ici, le fleuve a des relents de goudron

Serge regarde l'usine,
la fumée qu'elle dégueule
ça te mord à la gorge comme une chienne
la fumée qu'elle dégueule
Putain, arrêter la clope pour respirer ça
il imagine ses poumons, dans les alvéoles
ça se gonfle noir pétrole

Serge pense, Voilà ta vie
risque pas de changer, y a pas à tortiller du cul
Des fois, l'angoisse, surtout la nuit
il rêve l'usine dragon
la puanteur en nuages
les feux rouges qu'elle recrache
Mec, gaffe, à l'intérieur de la tour,
c'est toi qui crames

Derrière le hangar numéro 7, Serge retrouve Matthias. Assis au bord du quai, les pieds dans le vide, il fume sa clope. Matthias, ça fait un an qu'il travaille chez Colorizol. Grand maigre, yeux qui clignent à la chaîne, dents tachées par les roulées, il les fume toujours deux à la suite. Matthias et Serge sont dans la même équipe. Sur le site de stockage, ils s'occupent de la mise en fût des huiles pour moteur. Quelques jours par mois, ils se chargent aussi du nettoyage des barils en extérieur.

Salut, mon pote, Matthias lance. Serge, un signe de tête et il s'assoit à côté de lui. Puis il sort la mignonette de whisky qu'il a dans sa poche. Une gorgée. Pause. La deuxième. Matthias, une taffe, Ça se passe ? Serge, Comme d'hab.

Sur les quais, le soleil en averse
– ils s'en prennent plein les yeux –
asperge tout
Au loin, flou, le pont en métal
c'est à cause des pots d'échappement
on entend la rumeur jusque-là
le fleuve déborde l'horizon

Le ciel est couleur d'acier.

11

Ce midi, le soleil incendie. La lumière éclate blanche, elle se réverbère sur les façades, et dans le lotissement inerte, presque on croirait entendre les pelouses faner. Cy s'est réfugié dans son garage. La porte est à peine entrouverte, un filet d'air s'immisce par en dessous. Dans la pénombre, Cyrus somnole, affalé sur des vieux poufs défoncés. Il a la dalle mais, la flemme.

Soudain, il sursaute, c'est qu'une silhouette en contre-jour se faufile sous la porte. Cy cligne des cils, C'est pas une hallu ?, parce qu'en face Romane se relève, elle époussette les gravillons incrustés dans ses genoux. Salut, je peux squatter un peu chez toi ? Cy se dresse, il bafouille, Ouais, pas de problème.

Romane, un sourire. Juste deux pas, puis elle observe la pièce. Il y a un panier de basket fixé au mur, une armoire en métal ouverte avec des caisses à chaque étage, dedans le bazar ordonné, elles débordent d'outils, de vieux livres et de jouets en plastique.

Romane s'avance et s'assoit en tailleur près de Cyrus. Sur ses joues, les taches de rousseur ont éclos avec le soleil, ça fait de minuscules étoiles brunes.

– Fallait que je sorte de chez moi, elle explique.

Cy acquiesce. On se regarde, muets. Seuls tous les deux, c'était quand la dernière fois ?, il y a huit ans au moins, c'était plus facile, gamins, aujourd'hui, tout a changé ton corps ton visage ta façon de regarder, alors on attend, on se demande quoi faire comment, et la pénombre moite, elle épaissit le silence.

– T'as faim ? Cy finit par demander.

– Carrément.

– Cool, je me dépêche.

Cy se lève et s'éclipse par la porte qui donne sur l'intérieur de la maison. Dix minutes plus tard, il revient avec des bols de nouilles instantanées Suzi Wan et deux paires de baguettes. Il les tend à Romane, Tiens, gaffe, c'est chaud. Un moment, on démêle les nouilles, on souffle dessus, puis *slurp*, le bout de la langue cramé.

Romane renifle, elle a une fine pellicule de sueur sur la lèvre.

– Vous partez cet été ?

– Non, on économise pour aller en vacances à La Réunion. Mais bon, ça fait cinq ans que mes parents disent ça. Et toi ?

– Non plus.

Tous les deux, ils savent, les gamins du lotissement, s'ils partent en vacances, c'est qu'un an sur deux et pas très loin, en général au camping de Varengeville-sur-Mer. Romane, elle, collectionne les publicités pour les voyages qu'elle reçoit dans sa boîte aux lettres. Un jour, elle s'est promis, elle partira en *road trip*, elle a déjà l'itinéraire.

Entre deux bouchées de nouilles, Romane demande :

– T'as pas de la musique ?

– Heu, je dois pouvoir trouver ça.

Cy pose son bol. Il se dirige vers les étagères. Là, un tissu poussiéreux, il soulève et dessous, le radiocassette de sa mère. Il ouvre le couvercle, tombe sur une compilation d'Elvis Presley. Lecture.

– Je te préviens, c'est des trucs de vieux.

Le son brouillé, ça grésille puis la voix sort, elle crépite chaude.

When I first saw you
With your smile so tender
My heart was captured
My soul surrendered

– Moi, je trouve ça super beau, Romane dit.

– Ah ouais ?

Alors Cy commence à danser, mimant un micro au bout de la main. Romane explose de rire. T'es vraiment con, elle lance. Tu savais pas ? il répond. Il s'avance vers elle, quelques déhanchements, un sourire et lui tend la main. Romane fronce les sourcils, hésite, puis laisse à son tour son bol de nouilles.

I spent a lifetime
Waiting for the right time
Now that you're near
The time is here, at last

Si proches, on se découvre. Ses gestes, à Cy, sont délicats. Il guide Romane, la fait tournoyer sur elle-même, lui a la souplesse d'une liane. Tout ce charme contenu dans ton corps, c'est fou, Romane ça la surprend, elle ignorait. Elle rit encore, la tête en arrière, et cet instant, ça dissout le dehors.

It's now or never
Come hold me tight
Kiss me my darling
Be mine tonight

Soudain, Romane se fige. C'est qu'elle se sent bien, là. Trop. Elle flippe, Cyrus, elle pense, c'est l'enfance, la maison d'en face, le lotissement sans horizon. Faut pas s'attacher à ça.

Cy, penaud. Le changement d'attitude, il capte pas pourquoi, Ça va ? Romane, tête baissée, Ouais, merci, c'était cool. Mais le temps que Cyrus se retourne et coupe la musique, Romane disparaît par-dessous la porte du garage. Près des poufs, les bols de nouilles fument encore.

12

– *Ace* ! s'exclame Minh, la coach du stage de tennis.

Gabriel hallucine. C'est qu'il est à deux doigts de se faire rétamer par Vincent Broisillon, le gars avec un gros grain de beauté poilu dans le cou. Depuis le début du stage, Broisillon, il ne gagne jamais un seul set et quand on le calcule, c'est pour se moquer de son appareil dentaire (son surnom : « Double-rail ») ou lui faire un croche-patte quand il se rend aux douches en caleçon.

Sauf que cet après-midi, c'est Vincent qui mène. Gabriel galère, il a l'impression de flotter au-dessus du court, quelque chose du genre projection astrale, en tout cas ce qu'il en imagine quand sa mère lui raconte ses retraites de yoga.

Gabriel crache au sol (c'est interdit mais Minh le laisse faire). Shoote dans la terre battue. Nuée de poussière. Ça pétille rouge dans les rayons du soleil.

Autour du court, on suit le match avec attention.

Sur un bord, un liseré de filles. Toutes, dos à la grille, elles s'agitent, bouleversées de voir Gabriel en difficulté. Excitées aussi. Si ça se trouve, après le match, y a moyen que, histoire de le réconforter.

En face, la bande de Gabriel. Des garçons, mains dans les poches, on se balance d'un pied sur l'autre. Pas cool que leur pote se fasse humilier par un tocard. En plus, quand Gabriel tire la gueule, il rechigne à partager sa beuh et à les trimballer dans sa caisse.

Minh, de l'index, réajuste ses lunettes de soleil.
– Balle de match ! elle s'écrie.
Gabriel, en lui-même, Vas-y, mets-leur-en plein la vue ! Du poignet, il s'éponge le front et se place, jambes fléchies, talons légèrement décollés du sol.
De l'autre côté du filet, Vincent tressaille. La pression. Il tire sur l'élastique arrière de son short, on dirait qu'il se réaligne la raie du cul, lance la balle, frappe. Éclair qui fuse en diagonale.
Gabriel s'élance. Il court, son short blanc remonte sur ses cuisses ; sa peau, des muscles et des tendons en mosaïque. Dans le coin des filles, on gémit en sourdine. Gabriel, sans lâcher la balle des yeux. Il visualise l'impact, tend le bras…
Éblouissement.
– *Ace* !
Gabriel s'arrête net dans son élan.
– Broisillon gagne le match !
Le manche de sa raquette serré dans la paume, tellement qu'il sent son cœur pulser.
Vincent, lui, stupéfait. Cinq secondes pour comprendre. Soudain, il lève les bras en l'air, son sourire métallisé étincelle, on lui accorde quelques applaudissements mous.
Gabriel tourne les talons et quitte le court. Sans un regard pour ses admiratrices ou ses potes. Dans son sillage, les murmures font des courants d'air. Vu la tête qu'il tire, personne n'ose le suivre.

***

Pénombre et fraîcheur des toilettes
Avec le *ploc ploc* d'une chasse d'eau qui fuit,
on croirait une grotte
pavée de dalles blanc sale
L'odeur d'humidité, c'est la même
Les moisissures sur les joints de l'évier, c'est les mêmes

Gabriel, la tête sous l'eau
jaillit dans son cou ses cheveux
en flaques sur la céramique écaillée
Putain, mec, qu'est-ce que t'as ?
Gabriel se frotte les yeux
comme s'il creusait un tas de poussière
ça pique à fond sous les paupières
Putain, mec, qu'est-ce que t'as ?
C'est la beuh, peut-être…
Non, en vrai, il se doute de ce qu'il a
Pourquoi les flashs sur sa rétine
C'est la fille du bus
Celle aux cheveux fils de cuivre
Gabriel frottefrottefrotte encore
pour s'ôter le souvenir
piégé au coin de l'œil tel un cil.

13

Lola, les yeux mi-clos, elle discerne le disque incandescent du soleil à travers ses paupières. Elle sent, comment ça crame la peau, et aussi, la sueur entre ses seins, aux aisselles et à l'aine, entre les ficelles du maillot, ça fait des petites perles salées. Thom, la tête par la fenêtre, ses cheveux tombent en rideau devant ses yeux, il les engueule, À cinquante piges, vous allez ressembler à des momies, et avec un cancer, en plus. Elle et Romane, pas de réaction. Cinquante ans ? Lola pense, C'est dans une éternité. En attendant, on sera bronzées et canon.

Elle frotte ses orteils sur le gazon, roule sur le ventre. Romane, tout près, allongée à côté d'elle. Ça trouble, la chaleur de sa peau, sa poitrine constellée de taches de rousseur, la pointe des tétons sous le bikini. Lola gigote un instant puis détourne le regard. Elle détache ensuite son haut de maillot, les marques de bronzage, y a pas moyen, et rentre sa culotte entre ses fesses.

Puis elle ouvre le *Jeune et Jolie* qui traîne sur la pelouse. Romane se penche dessus, désigne une photo à la page people.

– C'est qui ce mec ?

– Lenny Kravitz.

– Il est canon.

– Bof, pas mon genre. Tu trouves pas que Cyrus lui ressemble un peu, en moins stylé ?

Romane pense à la veille, le garage, la chanson. Elle se tait. Lola, sans attendre la réponse, feuillette le magazine, tombe sur un test de psychologie.

– Alors… Quelle est votre aura féminine ? elle annonce.

Romane s'étire. Le soleil fait des vagues scintillantes sur le duvet clair de son ventre.

– Vas-y.

– Dans votre entourage, on dit souvent que vous êtes :

1. Belle	2. Intelligente
3. Courageuse	4. Marrante

– Facile. Belles, toutes les deux, Lola dit.

– Surtout toi, ajoute Romane en lui pinçant un bout de fesse.

Lola saisit une de ses mèches blondes, la démêle entre ses doigts.

– Chou, à seize piges, n'importe qui peut être belle comme moi. Enfin, pas tout le monde. Genre pour Chloé la moche, c'est mort. Mais sinon, suffit de connaître tes atouts et de les mettre en valeur. Moi, par exemple, c'est mon cul et ma p'tite gueule d'ange.

Lola gonfle les joues et se met à loucher. C'est sa grimace préférée, une imitation de Polochon, le poisson de *La Petite Sirène*. Romane éclate de rire.

– OK, je vois. Et moi, c'est quoi mes atouts ?

– T'es belle mais pas comme tout le monde.

Romane, une moue, Hmmm, t'as rien trouvé d'autre ?

– Non, sans dec', Lola insiste, c'est clair que t'as un truc de spécial. Tout le monde te mate, mais on dirait que tu t'en fous. Ou alors, tu te la joues mystérieuse.

– Mouais… Allez, passe à l'autre question.

Sur la terrasse d'à côté, une aide ménagère brosse un paillasson, les poils de chat font des pelotes. Du linge humide sèche sur un étendoir en plastique, Lola voit les chemises de nuit molles et les culottes déformées, dans l'air ça tremble, elle se dit C'est comme des lambeaux de peau, c'est dégueu, des mues d'insecte mort putain vieillir c'est dégueu. Vite, elle détourne le regard.

– Si vous étiez une superhéroïne, Lola reprend, votre pouvoir serait de :

1. Voler 2. Remonter le temps
3. Vous rendre invisible 4. Lire dans les pensées

– Voler. Pour me barrer quand j'en ai marre de mon père.

– Bien joué. Moi… Me rendre invisible.

Romane la fixe, surprise.

– Pas pour longtemps ! Lola explique. Mais quand même, ça doit être reposant.

Puis, comme si elle venait d'avouer une faiblesse, elle se presse d'enchaîner :

– Question trois. Pour décompresser d'une semaine intense, vous :

1. Sortez boire des cocktails entre copines
2. Achetez la paire de chaussures qui vous fait tant rêver
3. Prenez rendez-vous au spa
4. Acceptez un dîner avec un admirateur

– Je sors boire des cocktails. Avec toi.

– Mais tellement pas !

Et Lola donne une tape sur le bras de Romane.

– Te vexe pas, chou, mais crois-moi, le meilleur moyen pour décompresser, c'est les mecs. Quand t'as pas le moral, t'en trouves un mignon, tu l'embrasses et vous vous tripotez tranquilles. Je te jure, ça change les idées. Faut absolument que t'essaies.

– T'es dingue.

– C'est un défi ! Et quand tu l'auras fait, tu m'appelles pour qu'on débriefe.

Une brise, pleine de parfums sucrés, c'est les fleurs plantées par la mère de Lola. Au-dessus d'un massif d'hortensias roses, un bourdon. Il zozote et zigzague, en pleine overdose de nectar.

– De toute façon, les mecs, on s'en fout, continue Romane. En vrai, y a que nous deux qui compte.

Lola se redresse, s'assoit pour s'attacher les cheveux.

– Vivement que Papa la fasse creuser, cette foutue piscine !

Et ne répond rien d'autre.

14

– Ça craint si on est encore puceaux à la fin de l'été, déclare Mehdi.

Sur une étagère, il attrape un Ondamania, un jouet en forme de ressort, les couleurs sont délavées.

Antonin et Cy, assis sur les poufs, trient des cartes Magic et les rangent dans un album.

– C'est pas dans le garage de Cy qu'on va rencontrer des filles, Antonin constate sans lever les yeux.

Cyrus lui balance un léger coup de pied.

– Si t'as mieux à faire, te gêne pas.

– Au fond, c'est pas si grave, qu'on l'ait pas encore fait.

Mehdi et Cy, Hmmm, en chœur.

La porte du garage est ouverte. Dehors, l'air chaud caresse les pelouses roussies de soleil. Le lotissement comme assoupi, en fond, on perçoit la rumeur lointaine de l'autoroute.

– Les filles, pour leur plaire, faut leur offrir des cadeaux et les emmener au ciné. Les chouchouter, en gros, Antonin reprend. Là, elles s'intéressent à toi. Tu te rappelles Caro ?

Cy, ouais. Caro, il passe son CE2 à graver son prénom partout sur son bureau et à lui porter son sac jusqu'à l'arrêt de bus. Même, il demande à ses parents de l'inscrire à la chorale, juste pour la voir une heure de plus le mercredi. Tout ça pour rien. Elle déménage au Havre en fin d'année sans lui dire au revoir.

– Elle a préféré Simon seulement parce qu'il lui avait offert une bague. Je suis sûr qu'il l'avait trouvée dans un Kinder Surprise en plus. Sauf que lui, il a eu la fille, et toi que dalle. Et si tu tentes rien, ça va faire pareil avec Romane.

– Pourquoi tu me parles de Romane ?

On esquive, Antonin se concentre de nouveau sur les cartes Magic et Mehdi s'avance vers le panier de basket. Il vise. Lance l'Ondamania. Raté.

– Moi, je pense qu'elles kiffent ceux qui leur en mettent plein la vue, dit Mehdi en récupérant le ressort par terre. Comme l'autre naze de Gabriel Orsini. Depuis qu'il a des muscles et une voiture, il en ramasse à la pelle, des nanas. Paraît que Mathilde Leroy, elle est si dingue de lui que la semaine dernière, elle s'est jetée dans la Seine.

– La semaine dernière, elle était à Étretat. J'ai croisé son père à Carrefour, il racontait leurs vacances à la caissière, Cyrus rectifie.

Mehdi, Ah bon. Antonin ouvre un paquet de M&M's, il le gardait dans sa poche.

– Les filles disent surtout qu'il est canon, Gabriel.

– Ouais ben si t'es moche et que t'as un scoot ou une caisse, t'arrives quand même à choper, assure Mehdi.

Cy, le regard vague. Il mélange les cartes Magic qu'il a dans la main.

– Peut-être qu'elles aiment surtout quand on s'intéresse à elles.

Antonin, presque, il avale un M&M's de travers.

– On fait que ça, s'intéresser à elles !

– Non, je veux dire, qu'on essaie de les comprendre.

– Alors là, c'est foutu d'avance, lance Mehdi en faisant rebondir l'Ondamania d'une main à l'autre. Les filles, elles captent tout, même les trucs étranges et flippants, genre mystères de la vie. Comme les chats. Et ensuite, elles gardent ça pour elles et elles s'amusent à nous regarder galérer.

Cy pense, Romane, tes yeux, les secrets cachés sous les paupières. Soudain, il a besoin de prendre l'air.

Sans un mot pour ses potes, il sort du garage.

La lumière. Telle une averse. Cy bat des cils.

Devant le pavillon des Fauvel, il y a Blanche, elle tourne en rond, en bas de jogging, tee-shirt et Crocs roses aux pieds. Cy hésite, mais quand même, elle a l'air en panique. Il traverse la rue et la rejoint.

– Salut Blanche, ça va ?

Son regard flou, on croirait qu'un voile ternit les pupilles. Cy a entendu sa mère dire que c'est à cause de « ce qu'elle prend ». Des pilules pour égaliser son humeur, apparemment.

– C'est le lavabo de la salle de bains, il est bouché. Si Serge voit ça en rentrant, il va piquer une crise.

Cyrus, sûr qu'il préfère ne pas risquer de croiser Serge. Sauf que Blanche, elle a toujours été gentille avec lui, il ne peut pas la laisser en galère.

– Vous voulez que j'essaie de faire quelque chose ? il demande.

Blanche, un sourire triste.

– Merci, c'est gentil de ta part.

Cy n'est entré que trois fois chez les Fauvel. D'abord, pour l'anniversaire des douze ans de Romane. Un gamin renverse du soda sur le canapé ; de suite, Serge vire tous les gosses et Romane reste seule à chouiner au milieu du salon. Un autre jour pour prévenir d'une soirée barbecue, on fera attention au bruit mais ça risque de finir un peu tard. Et la dernière fois, à propos d'une pétition lancée par ses parents contre les pesticides pulvérisés sur les platanes du lotissement. Rien à foutre, Serge répond.

Quand il passe la porte, Cyrus constate, rien n'a changé. Ni les meubles Ikea, ni les rideaux ternes, ni les photos de famille encadrées sur les murs de la salle à manger.

Blanche désigne l'escalier.

– C'est là-haut. Je t'attends ici, je suis fatiguée.

Cy monte. Sur le palier, il avance à tâtons, cherche la bonne porte, s'égare, c'est que l'une d'elles, elle s'ouvre sur la chambre de Romane. Au hasard, il colle son oreille à une porte, comme si à travers, on pouvait entendre un cœur battre. Silence. Il change de direction.

Dans la salle de bains, il fait tiède et moite. Au pommeau de douche, une culotte humide pend, elle goutte sur la faïence. Sur le rebord de la baignoire, une coquille Saint-Jacques et dedans un morceau de savon, un shampoing parfum fleur de coton, un gant et un rasoir Vénus rose. À côté, les toilettes, dessus, on a oublié une boîte de tampons.

Cyrus, sa respiration tressaute. C'est les effluves de lessive, de canalisation et de quelque chose d'autre qui fait penser au souffle d'une bouche, ça enfle dans ses poumons.

Il se penche, dévisse le siphon de l'évier. Aussitôt, un amas de cheveux en décomposition et de résidus de savon gicle sur le sol. Avec une grimace, il le ramasse, le jette dans la poubelle et remet le siphon en place.

Après s'être lavé les mains, Cy traîne, un peu. Il parcourt la salle de bains du regard, partout, il décèle la présence de Romane. Sur le bord d'une étagère, t'as vu, la brosse où s'enchevêtrent les cheveux roux ? Cy la saisit, colle son nez, inspire. Mélange de shampooing, gras et poussière. Sans réfléchir, il arrache les cheveux, les roule en boule et les fourre dans sa poche. Merde, t'es vraiment barge. Il sort de la salle de bains.

Quand il descend, Blanche somnole sur le canapé, la télévision allumée. Cyrus traverse la pièce en vitesse et referme la porte derrière lui.

Devant son garage, Antonin et Mehdi s'apprêtent à rentrer chez eux à vélo.

– T'étais passé où ? Antonin demande.

– C'est Blanche, elle voulait que je débouche un lavabo.

– Y avait Romane ? lance Mehdi.

– Pfff, fait Cy, les doigts emmêlés aux cheveux dans sa poche.

15

En début de soirée, le ciel, on croirait un volcan. Comme si la chaleur et la lumière condensées en de lourds nuages violets, gonflés d'électricité statique, étaient sur le point d'exploser. Parfois, des éclats orange flamme. Le dégazage d'une usine.

Romane se dépêche de rentrer. On sent l'orage, c'est les couleurs qui stagnent sur les toits, l'odeur du goudron chaud et l'air, si dense, il colle à la peau.

Lorsqu'elle passe la porte, Romane aperçoit Blanche, elle dort sur le canapé. À la télévision, *C'est mon choix : je refais ma vie !*. On relooke des gens fatigués, la présentatrice papillonne autour. Changer de fringues pour avoir droit à une nouvelle vie ? Connasse. Comme s'il suffisait. Romane coupe le son de la télévision et s'assoit sur un accoudoir.

Blanche, quand elle respire, elle fait des sons de petit animal. Romane glisse une main dans ses cheveux, les mèches légèrement grasses, ça s'agglutine en spirales minuscules sur les tempes. Du bout des doigts, elle démêle, détaille les traits froissés de sa mère, et se demande À mon âge, tu rêvais à quoi, Maman ?

Tu pensais faire cuire des œufs chaque matin
en imaginant te volatiliser
dans les volutes de vapeur d'eau
Tu rêvais chaque soir
de regarder ton mari regarder la télévision

et toi regarder par-dessus son épaule c'est quoi au-delà de la vitre
Tu rêvais de laver des draps aussi grands que des ailes d'oiseau
et de les étendre et de les voir goutter avec un bruit de pluie
et la nuit, ne pas parvenir à t'endormir dedans
Tu rêvais d'aimer un Ogre qui lui aimerait une poupée
à qui il dirait fais ceci et oui/non et souris
Comme il gueule
si la poupée n'écoute pas quand il dit fais ceci et oui/non et souris
Et maintenant, tu rêves à quoi
Maman, c'est sûr, toi tu rêves jamais
Quand tu dors, tu t'échappes
Où ? Dans des endroits secrets
connus de toi seule
Peut-être une chambre où les murs sont des fenêtres
une cabane, creusée dans un arbre gigantesque
ou une maison avec, au milieu, une rivière
Les endroits où tu t'échappes, quand tu dors
T'as raison, garde-les pour toi
Enfouis-les, tes endroits
là où personne ne peut t'atteindre
Maman, c'est sûr, toi tu rêves jamais
Quand tu dors, tu t'échappes.

Romane se penche. Un baiser sur le front de Blanche. Tout à coup, un flash. Ça illumine le salon. Puis, le tonnerre. Romane file sur le palier.

La pluie. Qui dissout le paysage. Elle mélange les couleurs et les odeurs.

Romane se précipite dessous. Au milieu du jardin, la tête renversée en arrière. Bientôt, elle ruisselle. À côté, l'eau dégouline le long du vieux toboggan, ça fait comme une petite cascade. Vas-y, la pluie, emporte le chagrin et la colère, fous tout dans le caniveau.

Romane rouvre les yeux, à travers les trombes, elle aperçoit Cyrus. Lui, sur son perron ; les regards se croisent. Clair que tu dois avoir l'air dingue.

Sans réfléchir, Romane s'élance. Quand elle se trouve face à lui, presque pas elle hésite : elle colle sa bouche à la sienne.

Quand elle repensera à ce baiser, cette nuit dans son lit, elle se souviendra

de son nez qui coule sur la joue de Cy

du duvet doux sur la lèvre supérieure

du frémissement quand elle lui entrouvre la bouche avec la langue

de son air con quand elle le plante là et se tire sans rien dire, fonce chez elle

et rentre téléphoner à Lola.

16

Dans le salon des Chaumanet, tout est beige : le canapé en cuir et le plaid posé dessus, les rideaux, le grand vase au sol avec sa composition de fleurs en plastique, les bougies d'intérieur senteur pain d'épice.

Ce matin, Lola, elle boude. C'est qu'elle doit aider sa mère, Anne, avant de sortir. Dans quinze jours, c'est la soirée d'anniversaire des FFF (Femmes Fortes et Fabuleuses), l'association qui aide les victimes de violences à se réapproprier leur corps. Anne glisse les invitations à l'intérieur des enveloppes, Lola colle les timbres, Putain, que c'est chiant. Dans sa bouche, un Malabar, une bulle *Ploc !* ça éclate. Œillade vers sa mère. Pas de réaction.

Pourtant, Lola sait, ça l'agace. Autant qu'elle, ça la soûle de coller ces foutus timbres. Sauf qu'Anne, jamais elle ne s'abaisse à montrer qu'elle est exaspérée. Sa mère, à Lola, elle est parfaite. De la pointe des cheveux blond cendré jusqu'aux jolis orteils vernis. Déjà avant, mais encore plus depuis que son père gagne plein de thunes. Anne s'est mise à mi-temps à la mairie, ça lui laisse le temps de prendre soin d'elle, décorer la maison, cuisiner bio, faire des sudokus et d'être une membre active des FFF.

Lola cale ses pieds sur le bord de la table, balance sa chaise en arrière.

– Lo, s'il te plaît, arrête ça, dit Anne sans lever la tête des enveloppes.

Lola obéit. *Ploc !*

– Des nouvelles de ton casting ?

– J'ai la date, je me prépare.

– Tu sais, quand j'avais ton âge, j'ai participé à plusieurs concours de beauté.

Lola, les yeux au plafond, Oui oui, ça va, on sait. À chaque Noël, quand sa mère est légèrement ivre, c'est le déballage des souvenirs de jeunesse. Et comment Anne s'est fait repérer dans la rue pour être l'égérie d'une marque locale de vêtements et comment elle a été élue Miss Normandie en 1979 et comment c'est important de croire en ses rêves blablabla.

– Tu sais, au casting, vous serez toutes belles et talentueuses. Ce qui compte, c'est le mental. C'est celle qui en voudra le plus qui gagnera.

– Hmmm.

Ploc ! Oui, Maman, c'est cool que tu t'impliques mais faut aussi que tu piges, je suis pas ta poupée. Depuis toujours, Anne choisit tout à la place de Lola. Ses activités extrascolaires, les mêmes qu'elle, plus jeune. La danse classique. Au spectacle de fin d'année, si Lola ne dansait pas au centre, tout devant, Anne tirait la tronche jusqu'au lendemain. Et la gymnastique. Sa mère, dans les gradins, à chaque entraînement et compétition. Tout le temps, elle lui répète, Il faut être la meilleure. Ce casting, pour changer, Lola a envie de le faire rien que pour elle.

– Tu veux qu'on te trouve un coach ? On peut se débrouiller pour faire les allers-retours à Rouen, s'il le faut. C'est peut-être ça qui fera la différence.

– T'inquiète, je me débrouille.

Anne, un regard. Lola esquive, elle contemple ses ongles. C'est parce que dans son estomac, ça se noue et se contracte. Dur, les espérances. Pour être à la hauteur, tu fais comment ? Lola, ça lui donne envie de faire des conneries. Maman, ça fait quoi si je fais pas exactement comme tu veux ? Comment c'est, ton visage, en dessous ? Si Lola ne tenait pas tant à ce casting, elle ferait tout foirer juste pour faire chier Anne.

Dernier timbre. Anne recompte les enveloppes.

– Je vais poster tout ça, elle dit. Tu viens avec moi et on en profite pour se faire une sortie entre filles ?

Avant, Lola adorait ça. Le shopping toutes les deux, les balades sur les quais, les trucs de femmes qu'on ne se dit que si Papa n'est pas là. Maintenant, elle évite qu'on les voie ensemble. Parce que toujours, elle a l'impression qu'on les compare. Voilà, t'es juste une copie miniature de ta mère. En moins bien.

– J'peux pas. On s'est donné rendez-vous au lac, avec Romane.

Lola se lève et quitte le salon. *Ploc !*

17

Bleu ciel, lavé d'orage. Le soleil chute sur le lac en éclats.

Le lac, c'est une étendue d'eau vaseuse cerclée de roseaux et d'une langue de sable humide.

Sur la plage, il y a quatre cabines en bois pour se changer, des toilettes, une buvette avec chaises, tables en plastique, parasols Orangina et six barques proposées à la location (c'est le mec qui fait les crêpes à la buvette qui s'en occupe).

Assis sur leur serviette, Antonin, Mehdi, Chloé et Cy abandonnent une partie d'Uno, personne n'est concentré. La faute aux moucherons en nuées, ils se collent aux peaux nues et chaudes. Faut pas trop ouvrir la bouche, Antonin a failli en avaler. Mehdi fait des vannes en boucle (il a tiré sur le pétard d'un cousin) et Cy est occupé à observer de loin Romane et Lola.

Sur la plage, on ne voit qu'elles. Filles attrape-cœurs. Tous les yeux les avalent. Elles font comme si de rien. Elles s'éclaboussent, se coulent pour rire et lorsqu'elles plongent, leurs petits culs nacré flottent un instant dans les frisures d'écume. Ensuite, elles refont surface en criant, le haut du bikini de travers ou la culotte coincée entre les fesses.

Cy replie ses jambes, passe ses bras autour des genoux. Le soleil s'écrase brûlant sur sa peau. Dans son cerveau, c'est noir dense. Pourquoi elle te calcule pas ? Cy flippe. Si ça se trouve, tu l'as vraiment merdé, ce baiser. Ouais, c'est ça. En plus, la seule fois où Romane l'a regardé, Lola a chuchoté quelque chose à son oreille puis a éclaté de rire.

Dans le lac, les filles frissonnent. Elles sortent de l'eau, cheveux en cascade, le corps qui scintille de gouttelettes. L'air de dire Vous avez vu ? Puis les allers-retours, main dans la main, d'un bout à l'autre de la plage.

Chloé tire sur son short pour cacher ses cuisses, elle se camoufle dans son tee-shirt. Trop de chair, elle trouve. Elle voit, comment Lola scrute les autres filles. Dans son regard, on devine, Et ouais, on n'est pas toutes foutues pareil.

– On va se baigner ? Antonin propose.

Mehdi se marre, sans raison.

– C'est glacé, boude Chloé. En plus, avec la pluie, y a la pollution des usines qui retombe dans le lac. Si t'as envie de ressortir transformé en zombie, vas-y.

Cy à côté d'eux loin.

– T'es relou, Chloé, Antonin lance.

– Quoi ? Tu t'en fiches qu'on s'empoisonne avec leurs merdes ?

– Non, mais c'est pas une raison pour casser l'ambiance.

Antonin se lève, fait signe à Mehdi de le suivre. Ils vont s'incruster dans une partie de foot, on joue près des cabines.

Chloé cherche du soutien du côté de Cyrus. Peine perdue. Cy : Romane et c'est tout. Je vais pisser, il dit et s'échappe en direction des toilettes.

À l'intérieur, Cy pose la tête contre la porte. Vénère là, tout seul. T'es censé faire quoi ? Il balise. D'être transparent. De passer pour un relou. Puis dans les toilettes d'à côté, il entend des à-coups. Bientôt, des gémissements. Ça soupire jusque dans sa cabine. Cy se retourne, fixe la poubelle, elle déborde de mouchoirs sales, de mégots et d'emballages de protections hygiéniques. *Bam bam bambambam.* Si y en a qui arrivent à pécho dans les chiottes, tu peux bien tenter quelque chose, non ? Ça le décide à sortir.

Dehors, Cy trace vers Romane et Lola. Quand il se trouve face à elles, les mots s'agglutinent, ça reste collé sous la langue. Les pupilles de Romane, et les reflets verts dedans, ça chamboule.

– Alors, t'es remis de tes émotions ? miaule Lola.

Romane lui file un coup de coude. Lola, Bah quoi ? Cy s'écarlate. Il baisse les yeux.

– Tu regardes quoi, là ?

– Hein ?

– Tu mates mes seins. T'en as jamais vu en vrai ou quoi ? Lola rajoute.

– J'en ai rien à foutre, de tes seins !

– Ah ouais ? T'es pédé ?

– Trop pas.

Œillade de Romane. La gêne qu'il lit dedans, ça le fissure de part en part.

– Laisse tomber.

Il se barre. Lola crie dans son dos.

– Hé Cyrus ! Si tu nages jusqu'à la bouée, t'as le droit de passer dix minutes avec nous.

– Lâche-le, souffle Romane.

Cy court à l'eau. Décharge glacée. Sous ses pieds, ça s'enfonce mou. Un nuage de vase l'emmitoufle aux mollets. À l'intérieur de Cy, la honte, impossible à endiguer. Dix minutes, il reste là, des vaguelettes spumeuses s'échouant dans le creux du nombril. Ce n'est que lorsqu'il sent quelque chose de visqueux et froid – un brochet – passer entre ses cuisses, qu'il fait demi-tour.

Sur la plage, Lola et Romane, déjà passées à autre chose. Chacune à cheval sur les épaules d'un mec, elles se bagarrent, déchaînées, et se poussent pour renverser l'autre. Cy se dit, Alors c'est ça qui te plaît ? N'importe quel connard que tu croises ? Putain, pourquoi lui, contre sa nuque, il a l'intérieur de tes cuisses ton ventre ta chatte. Toute cette peau, Cyrus, il connaît pas.

Il se force à détourner les yeux. Revient vers Chloé. Elle a tout vu.

– T'aimes ça, qu'on te prenne pour un con ? elle lui balance.

– T'y comprends rien.

– C'est ça.

Puis elle se lève, ramasse ses affaires et s'éloigne.

– On s'est embrassés, avec Romane, il ajoute.

Il n'y a que lui qui l'entend.

18

– Vas-y, ma belle.

Gabriel et Mathilde sortent des toilettes. Elle, les cheveux fétus de paille et les joues roses. Lui, nonchalant, visage qui capture la lumière, chaîne en torsade sur le torse.

Gabriel met ses Ray-Ban et se dirige vers la buvette. Envie de retrouver ses potes et d'un Coca. De dormir au soleil. Mathilde vérifie tous les nœuds de son maillot deux-pièces, la faute aux doigts de Gabriel qui ont tiré dessus glissé dessous. Puis elle tente de lui prendre la main. Gabriel esquive. Ça se sait, qu'il est pas du genre câlin pas du genre tendre pas du genre mon amour. Encore moins après un coup juste comme ça. Mathilde, elle est du genre. Tant pis.

Au même moment, Romane et Lola les croisent. Cils perlés d'eau et sourire soleil. Elles vont toujours ensemble aux toilettes. Gabriel bloque.

C'est pas la fille de ? Si, cheveux fils de cuivre.

Réflexe, Gabriel s'écarte de Mathilde. Raté. L'autre les a vus sortir des toilettes. Elle t'a reconnu ou pas ?

Percussion des regards. Ça tient à quoi qu'on s'y accroche ou pas ? Lui s'emmêle carrément. Tu sais même pas son prénom. Il cherche quoi dire. Romane le fixe – juste le temps de lui filer le tournis. Puis elle prend Lola par la main et elles courent s'enfermer dans une cabine.

Les jambes tressaillantes, Gabriel rejoint ses copains. Il se laisse tomber sur une chaise.
– Sérieux, on vous a entendus d'ici.
– J'en connais une qui a pris cher.
Mathilde s'assoit, on rit de son embarras. Elle sourit. Pour avoir l'air. Faire partie de. Même si ça brûle à l'entrejambe parce que Gabriel pas la patience parce que pas moyen de se rincer parce que demain cystite.
Gabriel, désinvolte. En vrai, derrière les lunettes, il se planque. Il prend un verre de Coca au hasard sur la table. Quand il avale, ça fait mal, quelque part entre le cœur et les amygdales.

***

Serge freine net.
– Bordel ! Qu'est-ce qu'il te prend ? Matthias s'exclame, son tabac éparpillé sur les genoux.
Ce qu'il lui prend, c'est que sur le parking du lac, Serge vient d'apercevoir Romane. Me dis pas qu'elle est encore fourrée avec cette petite garce de Chaumanet ! T'avais dit que tu voulais plus les voir ensemble ! Cette gosse, c'est un nid à emmerdes.

Par-dessus son volant, Serge dévisage les deux mecs qui traînent avec Romane et Lola. Mais putain, quels âges ils ont ? Sûr qu'ils savent même pas qu'elles sont mineures.
Serge, les mâchoires serrées. Le sourire de Romane. Une étoile qui explose. Et cette peau lisse. Ça aimante les bouches, les doigts, et même pire.

– Mon pote, on se la boit cette bière ou quoi ? Matthias insiste.
Pas de réponse. Il suit le regard de Serge.

– Me dis pas c'est les gosses que tu mates ? Remarque, avec toutes les hormones qu'il y a dans la bouffe aujourd'hui, les filles, on dirait des femmes à quinze piges.

Romane et Lola se marrent, elles se tortillent sur une jambe, c'est pour enfiler leur mini-short par-dessus le maillot de bain mouillé. Puis elles suivent les deux garçons, ils vont jusqu'à leur scooter, proposent, On vous ramène ? Juste histoire de, Romane et Lola, Pas question en plus vous les mecs, vous conduisez comme des cons. Mais ils insistent, on s'attrape par le bras, Vous allez kiffer, Ah ouais ? Jure, et les filles finissent par monter derrière eux, sans casque.

Les garçons démarrent, Romane et Lola s'agrippent à leur taille. On fonce, ça crie, les rires, c'est le vent sous le débardeur, ça chatouille le nombril.

– Moi j'dis qu'il y en a une enceinte avant la fin de l'été, Matthias plaisante.

– La rousse...

– Ouais, une bombe.

– C'est ma gamine.

Matthias, en lui-même, Merde, t'aurais mieux fait de te taire. Il baisse la vitre, s'allume une clope.

– On fume pas dans ma caisse.

Matthias jette son mégot par la fenêtre. Serge fait demi-tour, sort du parking et prend la départementale en sens inverse. Tout le reste du trajet, on la ferme.

19

Cy, la sensation de fondre, comme si son matelas l'absorbait. Ce soir, ses parents sont au ciné, heureusement, le joint que lui a filé Mehdi embaume toute la maison. Par contre, cette beuh, elle atomise la colère le chagrin pile comme il faut, Cyrus se dit. Il rigole, d'une voix aiguë, presque il ne la reconnaît pas.

Encore une taffe.

Ça flotte au plafond, on croirait du brouillard.

Il souffle. Au bout de ses lèvres, un nuage.

Tout à coup, sa peau en sueur. Sur sa poitrine, une sphère de chaleur. Ça, c'est moins drôle. Bouche entrouverte, il gobe l'air et c'est comme avaler un orage, Vas-y, mec, tranquille. La fraîcheur du soir, il sent, elle s'infiltre par la fenêtre, faudrait qu'il respire…

Cy se redresse sur son oreiller – ça tangue – et attrape la bouteille d'eau posée sur sa table de nuit. Il la porte à sa bouche Merde !, en renverse la moitié.

Allez, calme-toi. Il croise les bras sur sa poitrine. Ferme les yeux.

Sous ses paupières, des lueurs mouvantes et de suite, Romane.

Elle, au lycée. En cours, elle mâchouille le capuchon de son stylo. L'empreinte de ses dents dans le plastique. Dis, Romane, tu penses à quoi ? Sous la table, elle croise décroise les jambes. Cyrus crève de connaître ce qui s'y cache.

Elle, devant son pavillon. Elle boude, c'est toujours à elle de sortir les poubelles. Dans l'allée, le *clap clap clap* de ses tongs. Ses cils, ils papillonnent en rythme, on croirait ce sont les pensées qui s'agitent.

Et elle, dans le bus tous les matins. Sa peau blanche pareil à un voile, ça paraît fragile, tellement, Cy s'imagine, on entend le cœur à travers, Comment ça fait, ton cœur ? Tu sais que le mien, c'est pour toi qu'il bat ?

Soudain, éclipse. Romane disparaît.

Cyrus rouvre les yeux. Juste la fumée, le plafond.

Encore un moment, il divague, Tu te rappelles, l'article que t'as lu dans *Science et Vie* ? Ça dit quand on embrasse quelqu'un, on laisse une partie de son ADN dans la bouche de l'autre. Genre, il y a encore un peu de Romane, là, sous ta langue.

Cy se lève. Sur son bureau, il saisit une feuille de brouillon et un stylo.

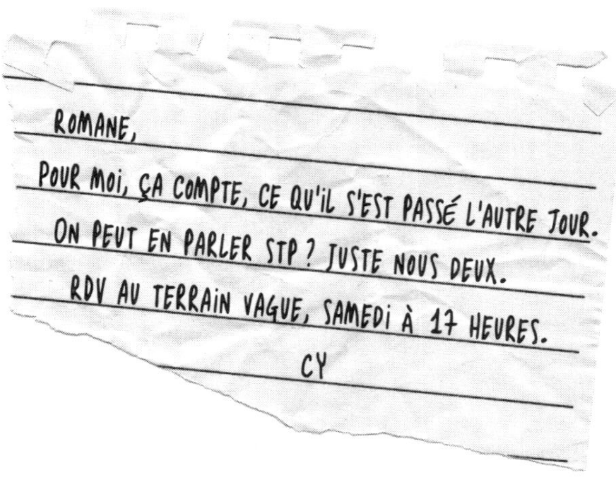
ROMANE,
POUR MOI, ÇA COMPTE, CE QU'IL S'EST PASSÉ L'AUTRE JOUR.
ON PEUT EN PARLER STP ? JUSTE NOUS DEUX.
RDV AU TERRAIN VAGUE, SAMEDI À 17 HEURES.
CY

Vite, son mot, il le met dans une enveloppe, dessus il écrit « Romane », faudrait pas que ses vieux le lisent, et sort de chez lui en courant.

Il fonce jusqu'au pavillon des Fauvel, glisse son mot dans la boîte aux lettres.

Hagard, il zone dans les parages une demi-heure, à regarder la lune tracer des rayons obliques sur les pelouses, puis retourne se coucher.

Cyrus, il ne saura jamais qu'au matin, Serge trouvera la lettre et la balancera à la poubelle, en rage. Tous ces merdeux qui veulent fourrer sa fille, un jour il va en fumer un.

20

Dans la chambre de Lola, la musique. Sur la coiffeuse, une mini-enceinte crache le son, volume au max. Pieds nus, Lola et Romane. Juste en culotte et débardeur. Elles dansent.

Spy on me baby use satellite
Infrared to see me move through the night
Aim gonna fire shoot me right
I'm gonna like the way you fight

Lola, entre les lèvres, une Camel menthol qu'elle a piquée à sa mère. Magnétique. Elle balance ses cheveux, ses mèches blondes, on dirait des arcs électriques. Lola adore danser, enveloppée de musique, elle vibre tout entière. Sous sa peau, elle sent, les courts-circuits, ils picotent jusque dans le ventre. Par la fenêtre ouverte, la lumière inonde sa chambre. Dans une flaque de soleil, Lola se déhanche, les bras suspendus en l'air, et lorsque Romane est tout proche, elle lui pince la taille en riant.

Romane, les yeux mi-clos. Timide, face à Lola. Une bretelle de débardeur dévale son épaule. Les lèvres entrouvertes, elle fredonne, raconte n'importe quoi. Pas grave. Elle a les mouvements d'une vague. Chez elle, la musique, ça vibre profond. Lascive, elle ondule, le visage presque grave. Une brise chaude. Elle fait frémir les voilages, ça fait comme les ailes d'un oiseau.

Now you found the secret code I use
To wash away my lonely blues
So I can't deny or lie cause you're
The only one to make me fly
You know what you're

Son lit à Lola, il a un ciel en tulle rose pâle. Sur le drap en coton, des fards à paupières, des gloss et des pinceaux. Lola et Romane, plus près, encore. Elles s'entrelacent. Dans le reflet noir de l'écran de télévision, les silhouettes siamoises.

Lola fixe Romane. Elle passe son débardeur par-dessus ses épaules, le balance par terre. C'est pour jouer. Pour de faux. Encore, elle se trémousse, seins blancs, le maillot de bain a imprimé une trace en triangle. Romane pense, C'est du Lola tout craché. Faut toujours qu'elle en fasse des tonnes. Elle sourit, elle l'aime trop.

Lola, ses doigts glissent sous le débardeur de Romane. Elle, non, sans un son. Lola s'en fout, On me contredit pas, t'as capté ? Elle s'avance, met son nez dans son cou. Puis, tout doux, elle remonte le vêtement. Romane ne lutte même pas.

Sexbomb Sexbomb you're a Sexbomb
You can give it to me, when I need to come along
Sexbomb sexbomb you're my sexbomb
And baby you can turn me on

Le tissu découvre le nombril, et soudain, Lola s'interrompt. C'est que sur la peau de Romane, les hématomes, ils s'étendent violet. Sur le ventre, les côtes. Invisibles sous les vêtements, c'est là qu'Il frappe.

– Merde… Quand ? Lola demande.

Romane, les lèvres serrées.

– Chou ?

– Mon père nous a vues au lac, avec les deux mecs.

– Quel bâtard, ce vieux con !
– Pas envie d'en parler.
Lola acquiesce, rhabille Romane et va éteindre la musique.

Au milieu de la chambre, Romane et son corps de roseau, elle ressemble à une petite fille. Sur son lit, Lola s'assoit en tailleur, Viens. Romane la rejoint. En silence, elle se dit, Pense pas à l'Ogre, le laisse pas tout gâcher, Toi Lola Maintenant, c'est ton jardin secret.
Lola farfouille dans son maquillage, elle choisit un fard à paupières. Romane, ses boucles prises dans ses cils. D'une main, Lola dégage son visage.
– Ferme les paupières… C'est le prune qui fait ressortir le vert, elle explique. Ça marche par couleur complémentaire.
Le contact du pinceau, comme une caresse. Un sourire. Romane pense, En vrai, c'est toi, Lola, ma couleur complémentaire.
– T'as mal ? Lola demande.
– Moins, depuis ce matin.
– Pourquoi tu vas pas voir les flics ?
– Ça sert à rien. Le temps qu'ils se bougent…
– Tu sais, ton père, s'il fait ça, c'est parce c'est un putain de lâche.
– Ah ouais ? J'ai pas tellement l'impression que c'est lui qui flippe.
– Il supporte pas que tu grandisses. Notre corps, à nous les femmes, c'est une arme. Réfléchis. On baise sans faire de gosses, on taffe et on gère nos thunes… Les mecs, on les emmerde.
– Ouais, mais ça marche que pour certaines femmes qui ont de la chance. En fait, ça dépend de ta famille. Et d'où tu vis. Y a des endroits, tu t'en échappes pas.
Lola, le mascara dans une main, Vas-y, regarde en l'air.

– N'empêche, ton père, il balise. Ça se voit, que t'as envie d'être libre et que t'as pas besoin de lui. Du coup, il sert à quoi ? À rien, il est que dalle.

Le pinceau du mascara, ça chatouille. Romane bat des cils.

– Gaffe, chou, tu vas ruiner tout mon taf !

Sur la paupière de Romane, une zébrure noire. Lola s'humecte l'index, l'efface.

– T'entends quoi par « être libre » ? Romane demande.

– Bah, c'est quand tu fais ce que tu veux et que t'assumes. Genre, moi, je roule une pelle à Simon et il m'invite au ciné. Je suce cette petite bite de David, il m'achète un bracelet Tiffany & Co. Eux, ils croient qu'ils décident, mais en fait, tu retournes la situation à ton avantage. En vrai, on peut tout avoir, faut juste en être conscientes.

– Ouais mais Lo, je suis pas sûre qu'être libre, c'est seulement s'envoyer des gars et profiter d'eux.

Lola, un soupir agacé.

– J'ai pas dit que c'était QUE ça. C'est un début.

Elle passe une main dans ses cheveux, les place derrière l'oreille.

– Parce que pour toi, c'est quoi ?

Silence, un instant. Romane cherche les mots.

– C'est devenir qui je veux, peu importe d'où je viens.

Lola referme le mascara, le balance sur les draps.

– Hé ben, c'est beau.

Un regard, Ouais, t'es canon !, elle saute du lit et se dirige vers la télévision.

– Ça te dit, un Disney ?

Romane s'affale sur le matelas. Sa main, sur son ventre, c'est pour cacher ce qui fait mal, dehors et dedans.

– Carrément.

Lola allume la télévision et inspecte sa collection de DVD.

– Hé chou, tu te rends compte que mon casting, c'est dans trois jours ! C'est chelou, j'arrive pas à y croire.

– T'es stressée ?

De dos, Lola hausse les épaules. Elle se penche et insère le DVD dans le lecteur.

– Un peu.

– Tu vas tout déchirer.

Lola se retourne, elle sourit, sur sa peau blanche, ses tétons ressemblent à des pistils roses.

Dans la chambre, leurs odeurs, des courants d'air tièdes les emmêlent. Allongées dans les bras l'une de l'autre, Romane et Lola regardent *La Belle et la Bête*.

***

Au terrain vague. Cy l'attente,

comme ça.
Vide-cœur.
Lorsque le soir tombe, il rentre chez lui.

21

Cy, sur la route du lotissement, il tire la gueule. C'est le cœur torpillé, ça prend toute la place, le néant que c'est, d'attendre sans savoir, Tu vas venir ou pas ? La réponse, non. Alors, la stupeur, quand il aperçoit Romane, au loin. Elle descend du bus, les bras chargés de sacs plastique Lidl.

Cy, tellement à la ramasse, il n'est pas sûr, le corps bouge mécanique, puisqu'à l'intérieur, y a tout qui s'effrite. Quelques mètres derrière, il la suit, pourquoi, ça n'a pas de sens, et en même temps, il n'a rien à faire d'autre.

Romane, les sacs pèsent lourd, ça se voit sur les avant-bras, les veines violettes ressortent en transparence. À chaque pas, *ting ting* contre sa cuisse, c'est les bouteilles de bière qui s'entrechoquent ; à travers le plastique, Romane devine la fraîcheur humide.

À l'entrée du lotissement, elle se retourne.

– T'as fini de me suivre ? Je t'assure, c'est limite flippant.

Cy, cloué sur place. C'est qu'à force de se désintégrer, tu sens plus grand-chose, limite, il s'étonne, Quoi, t'étais pas invisible ?

Romane le fixe. Faut répondre quelque chose. Sous son crâne, les pensées en bordel, elles font des nœuds, Cyrus pense, Vas-y, comment tu démêles ça ?, Allez, il se lance.

– T'es pas venue.

Romane, les sourcils froncés. Elle pose ses sacs par terre.

– De quoi tu parles ?

– …

– Franchement, Cy, j'ai pas le temps, là. Y a mes parents qui m'attendent.

Dans le soir qui coule bleu marine, on croirait l'horizon tombe. La rue pleine de rumeurs, les bruits, ils s'échappent par les fenêtres entrouvertes. Romane se penche pour récupérer ses sacs.

– T'as reçu mon mot ? Cy demande.

– Hein ?

– Dans une enveloppe, je t'avais mis un mot.

– Ça disait quoi ?

– Rien, rien… Enfin si, l'autre jour… Ça compte pas, pour toi ?

Romane, ses yeux se dérobent. Oui, sous l'orage, c'était quoi, rien juste un jeu, tu comprends, nos souffles ensemble, un jeu, comme pour m'alléger, moi qui dedans accumule tout.

– Je sais pas. C'était comme ça.

– Tu t'es foutu de ma gueule.

La voix de Cy chute, entre les côtes, on sent l'éboulement, voilà, l'amour qui s'écrase, ça fait ce bruit-là. Romane voit la douleur, elle voudrait l'en délester un peu, Cyrus, son regard on dirait un précipice, il ne mérite pas.

– Cy, je suis désolée mais…

– Je t'ai attendue tout l'aprèm.

– Écoute, je capte rien, et j'ai d'autres problèmes plus graves que tes histoires à la con.

Romane, les souffrances entassées, ça sature, l'Ogre les hématomes sa mère amorphe la vie trop étroite Cyrus, putain, tout en désordre, c'est où que je range ça ? dedans, l'espace s'amenuise, ça enfle tellement, tu sais, des fois ça bloque, quand je respire. Au coin des paupières, ça roule mouillé, elle renifle.

– Il se passe quoi ? Cy s'inquiète.

Romane, elle tourne le visage, dur d'ouvrir le cœur si on regarde, Ça fait des années, tout le lotissement sait, fais pas comme si, elle dit, on entend, sûr que ça résonne jusque dans vos maisons, comment il nous gueule dessus et nous cogne. Cy frissonne, Je savais pas, il jure, lui toujours à sa fenêtre, la même rue qu'elle, il n'a rien vu.

– Bah c'est que tu t'en fous de moi, alors me fais pas chier, conclut Romane.

Son nez qui coule, elle l'essuie du revers de la main, ramasse ses sacs et se casse. Cy la regarde s'éloigner, dans la torpeur du lotissement, leurs voix se désagrègent, il pense, Comment c'est possible ? T'ignores tout de la fille que tu aimes.

***

Cy, pas un mot de tout le dîner. Entre les samoussas et le cari volaille, il écoute vaguement, ses parents, Eulalie et Fabrice, ils parlent du Concorde qui s'est écrasé et tout le monde est mort, tu te rends compte, à La Réunion, on est en hiver, c'est à quelle heure, le tirage du Loto ?

Lui, en lévitation, à des kilomètres. Il pense Romane, quel con, t'es qu'une merde, faut que tu l'aides comment tu vas faire.

Au moment où Fabrice ramène des Flamby, il lance :

– Je voudrais un scooter.

À la télé, on annonce, Il fera 31 degrés à Paris, 29 à Brest, 33 à Montpellier, le temps sera venteux dans la moitié sud-est, nous fêterons la Sainte-Christine.

– Et ça sort d'où, ça ? Fabrice demande.

– Au lycée, tout le monde en a. C'est vachement plus pratique que le bus.

En vrai, Cy, son plan : Romane scooter l'emmener la sauver.

– Cy, tu sais que ça fait trop d'argent, Eulalie répond.

Elle tire sur la languette du Flamby, il tombe droit dans l'assiette, une nappe de caramel autour.

– Un d'occas, ça suffirait.

– Si tu veux te payer un scooter, tu peux toujours travailler au planétarium les week-ends, son père ajoute.

Cy, un grognement, il quitte la table et monte dans sa chambre.

***

Romane dépose les sacs sur la table de la cuisine. Des bières et des pizzas surgelées. Si t'as le temps de te promener, tu peux bien faire les courses en rentrant, Serge a dit.

Puis la salle de bains. Elle s'enferme. Dans la baignoire, l'eau chaude fait des remous, elle sent l'amande douce, c'est le bain moussant.

Romane saisit une serviette, la roule en boule et la place au bas de la porte.

Elle s'assoit sur les chiottes, dans son soutif, il y a une cigarette au menthol et un briquet donnés par Lola. *Clic !* Juste trois lattes, elle s'étouffe. Le mégot, jeté dans le bain moussant. Romane renifle, déjà, ses fringues puent la clope. Elle les met dans la corbeille à linge sale.

L'eau qui coule fait un bruit de tempête. Romane, sur le rebord de la baignoire, le clapotis des orteils. Dans les remous moussus, au milieu, le mégot se décompose en particules dégueulasses.

Romane dérive, elle pense

Cy T'as abusé de lui parler comme ça L'Ogre Le garçon à l'Audi C'était bien lui, au lac ? Cy L'Ogre Le garçon à l'Audi Et en même temps, qu'ils aillent tous se faire foutre Lola pourquoi t'es pas là ?

Puis elle observe sa peau ses cuisses
son ventre blanc comme une plage,
les taches gris-bleu dessus
et ses seins, ça fait penser à des dunes
Elle se dit En quoi c'est fait, ces seins
en pulpe juteuse comme une mandarine

ou de la même graisse grumeleuse que la chair des baleines
Elle se dit ces seins Est-ce que c'est rempli
de sable, de viande ou de laine
Ces seins qu'on cache caresse corsète tête tâte écrase exhibe
qu'on pince, qu'on suce qu'on mord, qu'on malaxe, qu'on palpe,
Lola dit C'est une arme
Romane brûle
Lola dit Ils ont un pouvoir
Romane brûle de goûter lequel
Lola dit, elle a raison, Ça n'appartient qu'à toi.

22

Le gymnase Marie-José-Pérec, en banlieue du Havre. Un bloc de ciment. Pas tout à fait ce qu'imaginait Lola. Elle, c'était plutôt scène, projecteurs, Zénith... Bientôt.

Dans sa robe, Lola fait penser à un coquelicot. Au-dessus d'elle, le ciel fade et autour, les bâtiments en béton. Elle, rouge, éclate la grisaille.

Le casting. La file des candidats. Devant l'entrée du gymnase, on attend nerveux, ça s'observe et se jauge, les filles entre elles surtout, C'est quoi la chanson que t'as choisie ? Canon, ton *top*, tu l'as acheté où ? L'air, saturé de parfums Pimkie, et les vêtements minuscules, ils dévoilent les jambes les ventres les nombrils. Sur les visages, ça pétille de partout, c'est les gloss, les paillettes, qui sait, ça pourrait se jouer sur les fringues ou le look, T'imagines la honte, si t'es recalée parce que tu ressembles à rien ? Discrets les mecs, ils fument des clopes, les cordes vocales éraillées on approuve, T'as vu, Till Lindemann, sa voix de ouf, c'est sûrement grâce à la coke.

Lola, à l'écart. Elle met son Walkman. Lance sa chanson. En boucle.

Quarante-cinq minutes plus tard. À l'intérieur du gymnase, l'odeur de chaussettes sales, la lumière des néons, une table et derrière, une Asiatique qui ressemble au model de la pub Kenzo, et un homme brun, lunettes de soleil, cheveux plaqués par du gel, gourmette en argent.

Lola, l'enfance camouflée, c'est le rouge sur les lèvres, la robe aux reflets de lave et le fard à paupières, il transforme ce qu'on joue à travers le regard. Elle s'avance.

– Ton prénom ? Kenzo demande.

– Lola Chaumanet.

– OK, Lola, c'est à toi.

Lola inspire. Elle sait, elle est faite pour ça, Vas-y, donne tout. Elle ouvre les lèvres, sa voix coule claire, et c'est comme entendre la lumière.

Moi je m'appelle Lolita
Lo ou bien Lola, du pareil au même
Moi je m'appelle Lolita
Quand je rêve aux loups, c'est Lola qui saigne

Lola pense au *Hit Machine*, à tous les clips qu'elle a regardés. Aux samedis passés à répéter les chorégraphies de Britney Spears ou de Christina Aguilera. Son corps, ça sort tout seul, imite les mouvements, Lola les connaît par cœur.

Quand fourche ma langue j'ai là
Un fou rire aussi fou qu'un phénomène
Je m'appelle Lolita
Lo de vie, Lo aux amours diluviennes

Elle pense aussi, Tu vois, Maman, je peux exister par moi-même, et à Val-de-Seine, au lotissement sans perspective et aux horizons ternes. Aux meufs qui la traitent de sale. Et de vraie. Elle les imagine dans dix ans, à la caisse du Burger King la journée, le soir avec deux mioches et un mec au chômage. Leur gueule quand elles verront Lola dans *Gala*.

C'est pas ma faute,
Et quand je donne ma langue aux chats, je vois les autres

Tout prêts à se jeter sur moi, c'est pas ma faute à moi
Si j'entends tout autour de moi
L.O.L.I.T.A, moi Lolita

– Merci, mademoiselle, Kenzo la coupe.
Lola, figée sur place.
– J'ai pas fini…
– Nous en avons assez entendu.
Lola, Merde, ça peut pas s'arrêter là ! Un pas vers, on devine, elle s'accroche. Mais déjà, les jurys, comme si elle n'était plus là. Dans son dos, une autre fille s'avance.

Dehors, Lola vacille. La file des candidats, toujours. Lola s'éloigne et s'adosse à un mur, dans son ventre, elle sent ses organes, ça fait mal, ils sont comme entortillés, ça se torsade ensemble, la frustration et le désespoir, Comment tu vas faire pour rentrer chez toi et dire que tu t'es plantée ? Pour pas crever de honte.
Au même moment, l'homme du jury. Il sort se griller une clope.
– Lola, c'est ça ? il l'aborde.
Lola, oui, les yeux ailleurs. L'homme approche, deux taffes, l'autre main dans sa poche. En fond, il y a des voix en écho, ça gueule sur le terrain de hand, un match se joue.
– C'est bien, ce que tu as fait.
– On ne m'a pas laissée finir…
– C'est pareil pour tout le monde, et ça suffit pour se faire un avis.
Lola lève les yeux. Tombe sur son reflet dans le noir des lunettes.
– Je t'ai trouvée très professionnelle. C'est rare, à ton âge, l'homme assure. T'as de l'avenir… On en reparlera.
Un sourire. Il jette son mégot par terre et lui tourne le dos.

Lola, un moment, sans le lâcher du regard. Ensuite, elle court prendre son train retour. Au-dessus d'elle, des trouées lumineuses, le soleil se fragmente à travers les nuages.

23

La Voix de la Normandie
Le 29 juillet 2000

Une future star à Val-de-Seine

Ce n'est qu'à minuit, le vendredi 28 juillet 2000, que le jury de *Futures Stars* a dévoilé le nom des vingt candidats sélectionnés pour participer à l'émission. Elle sera diffusée en *live* le 10 septembre à 20 h 50 sur TF1.

Le jury, composé de professionnels de la télévision et du spectacle, a parcouru la France et auditionné des centaines de jeunes afin de dénicher les talents de demain.

Une jeune Seinnoise, Lola Chaumanet, seize ans, fait partie des heureux élus. Élève au lycée Marguerite-Duras, Lola chante, pratique la danse et le roller. Elle rêve de monter son propre *girls band*.

Rappelons que Lola Chaumanet est la fille d'Anne Chaumanet, Miss Normandie 1979. Espérons que la jeune fille marche dans les pas de sa mère. Bonne chance, Lola !

***

– Chloé, viens voir, ma chérie ! s'exclame Madame Valette, les mèches plaquées dans du papier d'aluminium.

Chloé, un soupir. Elle lève les yeux de son livre. Pas moyen d'être tranquille.

Elle s'avance à contrecœur, Madame Valette est une habituée, faut faire un effort.

– Ce serait pas une de tes copines par hasard ? Madame Valette demande.

Dans le journal, elle lui montre un article. Chloé voit, c'est Lola sur la photo, elle déglutit.

– Pas vraiment, mais on est dans le même lycée.

Dans leur dos, Nadine passe le balai, elle ramasse les cheveux tombés par terre.

– Ça a l'air d'être une jeune fille étonnante !

Mouais, pour décrire Lola, Chloé aurait choisi : pute / peste / pimbêche / pétasse.

– Si je peux me permettre, ma chérie, si tu t'arrangeais un peu, tu serais aussi jolie qu'elle. C'est dommage, à ton âge, faut en profiter.

Chloé, les jambes fourmillantes, muette.

– Hein, Nadine ? Madame Valette insiste. Vous devriez montrer à votre fille comment faire. Déjà, si elle s'épilait les sourcils...

Chloé, au-dedans d'elle, Pourquoi, toujours, on nous compare ? C'est pas déjà assez difficile, d'être une fille ? Faut qu'en plus, on nous note et nous classe comme des chiennes de concours ?

Chloé ravale sa colère. Étouffe. C'est qu'à force, ça t'enfle dans la gorge.

– Chloé est belle comme elle est, Nadine répond, sans s'arrête de balayer.

– Oui oui, je disais juste que

Chloé, elle n'entend pas la fin de la phrase. Les bras serrés le long du corps, elle traverse le salon de coiffure. *Clac*, la porte. Dehors, la rue, les pigeons, les scooters qui gueulent. Rien ne change.

24

Gabriel, plus de quinze minutes de retard. Est-ce que ça vaut encore la peine d'y aller ? Faudrait tirer à pile ou face. Le parking de l'hôtel de ville, blindé de voitures et de scooters. Par la fenêtre de l'Audi, une bouffée grise s'échappe, ça s'élève vers le ciel, il est pommelé de nuages. Derrière le pare-brise, comme de la brume, Gabriel s'est fumé un pétard.

Le dernier samedi de juillet, c'est la Nuit Blanche de Val-de-Seine. Sur la place de la mairie, on a installé des stands de friandises et un écran géant, devant, il y a une cinquantaine de personnes assises sur les chaises en plastique. Les filles, elles se sont sapées jolies, mini-robes et sandales à plateformes, les mecs ont forcé sur le déo, et dans la pénombre, on se roule des pelles, les doigts s'entremêlent, des genoux se frôlent. L'air est caramélisé, il sent la barbe à papa et les churros.

Gabriel, dans la boîte à gants, il farfouille. Papiers de la voiture, mouchoirs, chewing-gums, une boîte de capotes, et dessous, dix francs. Il lance la pièce, la rattrape... Pile. Merde. Il ouvre la portière. Gifle de nuit au visage. Soudain, contre sa braguette, ça vibre. Il y a trois jours, Gabriel s'est acheté un Nokia 3210.

3 MESSAGES NON LUS

Nina
T ou bb
Je T gardé 1 place <3

Mathilde
Tu vas à la Nuit Blanche, ce soir ?

Fille du vidéo-club
Ta oublié ton gel chez moi.
Passe vite le récupérer ;)

Gabriel ignore les textos. Ce portable, c'était surtout pour son père. Qu'il puisse le joindre n'importe quand. Ça lui a coûté une blinde, son forfait illimité. Tout ça pour se parler dix minutes chrono, Tu sais, Gabriel, Marseille, c'est magnifique, le Vieux-Port la basilique les calanques tout ça, et le temps, ce soleil, c'est pas la Normandie, rire, t'imagines, de ma terrasse, je vois la mer, ah oui, toi, comment ça va, et ta mère ? À peine si Gabriel a pu en placer une. En vrai, tu lui manques pas, il s'est dit. Il a raccroché, un gouffre dans la poitrine.

Gabriel s'avance vers l'écran géant, les mains dans les poches de son blouson. Sous lui, ça tangue, et aussi, le paysage autour. Tu dois rejoindre qui, déjà ? Gabriel s'en balance. Il s'assoit n'importe où.

Le faisceau bleuté de l'écran géant, les silhouettes se découpent en ombres dessus et Gabriel pense Ça fait la couleur d'un aquarium gigantesque et les têtes devant lui, on dirait des méduses. C'est quoi ce film ? Il l'a vu un soir, avec Sylvie. Ah oui, *Thelma et Louise*, un *road movie* sur des meufs qui s'ennuient. Gabriel, pas trop son trip, et la flemme de lire les sous-titres. Il dégage ses cheveux vers l'arrière, sort ses écouteurs et les cale dans ses oreilles.

Sur sa chaise, il s'alanguit, la tête légèrement penchée de côté.

What the hell am I doin' here ?
I don't belong here

Les images, floues sur sa rétine. S'il ferme les paupières, dessous, ça clignote phosphorescent. Il se marre. Puis non. Vas-y, fais la gueule plutôt.

Sauf que voilà, la fille de devant se retourne.

Putain. Encore elle.

When you were here before
Couldn't look you in the eye
You're just like an angel
Your skin makes me cry

Ses prunelles, et les scintillements au centre. Ça renverse tout.

Il flippe, presque, il tomberait dedans… Trop tard.

Gabriel, il sent, la nuit devient liquide et dense. Ça l'aspire, il manque d'air, et c'est comme se noyer dans un puits de lumière verte, et Romane, avec le halo qui nimbe son visage, a la grâce d'une sirène.

You float like a feather
In a beautiful world
I wish I was special
You're so fuckin' special

Gabriel se perd sur les lèvres qui remuent, Elle a quel goût cette bouche ?, et le petit bout de langue rose, Qu'est-ce qu'elle a l'air tendre, cette langue.

Romane, un signe, Enlève tes écouteurs. Il s'exécute.

– Tu peux mettre moins fort, steuplé ? On entend ta musique d'ici.

La blonde avec elle, il la reconnaît, c'est Lola Chaumanet, leurs mères vont au même cours de yoga. Lola, son regard, Mais quel relou. Gabriel baisse le son. Souffle coupé. Rien à répondre. Au-dedans, ça explose et s'éparpille, comme si une étoile venait de mourir.

Deux rangs à l'avant, Cy et Chloé. Antonin et Mehdi ont préféré le McDo au ciné en plein air. Sur son siège, Chloé s'euphorise. Parce qu'elle + Cy, si proches dans l'obscurité. Surtout que sa main, à cinq centimètres. Promiscuité électrique. Tous les quarts d'heure, Chloé rogne la distance. Mais Cy gigote sans arrêt, il jette des coups d'œil par-dessus son épaule.

– Qu'est-ce que t'as ? elle chuchote.

– Hein ? Rien. Le film, pas facile à suivre.

C'est surtout que Cy pense ailleurs.

Il pense derrière lui, là où Gabriel chuchote à l'oreille de Romane. C'est quoi qu'il lui raconte ? Cy est sûr, le même bobard qu'à toutes les autres, T'es trop belle, c'est la première fois que je ressens ça, patati patata. Mais Romane n'y voit que du feu, et sa voix comme un souffle, c'est son prénom qu'elle murmure à Gabriel, et lui, Ah ouais, j'oublierai pas, de toute façon, on n'oublie pas une fille comme toi, moi, c'est Gabriel.

– Y en a qui veulent suivre le film, crache Lola.

Fin de la conversation, Gabriel se lève et s'en va. Dans son sillage, il laisse des effluves de parfum cher et de beuh.

Chloé capte tout. Encore une fois, Cyrus se paie sa tête. Toujours elle pardonne, elle espère de nouveau. À croire qu'elle aime ça, passer pour une idiote. Chloé retire sa main, la met à l'abri dans sa veste en jean. Barricade aussi, à l'intérieur d'elle, tout ce qu'il y a de fragile. Puis elle se penche vers Cy.

– Je rentre.
– Ah bon ? Y a un souci ?
– Laisse tomber.
– Je te raccompagne.
– Pas la peine, je me débrouille toute seule.

Chloé se faufile dans le rang, on râle sur son passage.

Cy pense, Mec, t'as merdé. Il hésite, faudrait rattraper Chloé mais Romane, juste derrière, ça le cloue sur son siège. Tant qu'elle est là, il espère. Un mot au hasard, un accident de regards, la possibilité folle de rentrer ensemble.

À la fin du film, tout le monde se précipite vers les stands de bouffe. Le temps que Cy émerge de la foule, Romane et Lola sont parties.

25

Romane, sous sa couette, ses cheveux sentent encore le sucre. Dans sa tête et son cœur et son ventre, ça fait un chapelet de bulles Gabriel.

26

Serge
se réveille en sursaut dans le canapé du salon. Sur la table basse, un verre vide, et au fond, une mare de glaçons fondus.

ALERTE INFO !
dit la télévision.

Un incendie spectaculaire est en cours sur le site de l'usine Colorizol à Val-de-Seine. 276 pompiers luttent pour éteindre les 15 000 mètres carrés pris dans les flammes.

Les premières analyses de l'air réalisées par un spécialiste en risques chimiques ne révèlent pas de *danger immédiat pour la population*. Le préfet de la Seine-Maritime décide de ne pas donner l'alerte afin d'éviter tout mouvement de foule. Pourtant, plusieurs personnes ont été victimes de malaises en pleines festivités de la Nuit Blanche. Une enquête sur les causes de l'incendie est en cours.

***

Serge quitte le canapé et se traîne jusqu'au perron. Dehors, il lève la tête. Au loin, un halo, ça pulse rouge dans la nuit, et un panache de fumée dense. Jusqu'ici, l'odeur de cramé.

L'angoisse. Elle se loge dans sa trachée.

T'as tout fait comme d'habitude, non ?

Il se remémore sa journée, chaque geste, a l'impression d'avoir été réglo. Mais avec les petits extras qu'il s'accorde avec Matthias derrière le hangar numéro 7, il doute. C'est pas une gorgée de whisky qui t'aurait fait merder, hein ?

Lentement, la panique. Ça l'envahit tout entier.

Partie II
Août 2000

Yet my hands are shaking
I feel my body remains
Themes no matter, I'm on fire
On the playground, love

27

Le lendemain, Cy se rend dans le centre. C'est l'heure du déjeuner et dans les rues presque vides, des confettis de cendre volettent, ça s'étale gris poudré sur les trottoirs. Sur le site de Colorizol, on nettoie les débris de l'usine, le ciel a des nuances de goudron, ça pue le pétrole dans toute la ville.

Cy traîne les pieds. Dans son sac à dos, une pochette plastique avec une dizaine de CV. Ça sert à rien. Si on t'embauche quelque part, le temps d'économiser, ton scooter, tu l'auras qu'à l'automne. Trop tard pour en profiter. Et pour emmener Romane. Où ? Sais pas. Loin. Autre part.

Cyrus dépasse le kebab, le bar-tabac, la poste, la pharmacie

ça lui met la déprime

ces rues qu'il connaît par cœur

et où il n'y a jamais rien de neuf.

Ah si, des fois, une boulangerie ferme pour être remplacée par un barbier

qui ferme à son tour pour laisser place à une boulangerie.

Le seum, ces villes qui se ressemblent toutes

des terrasses de PMU jusqu'aux merdes de chien dans les caniveaux.

Ces villes, elles cristallisent l'ennui

et t'éteignent les rêves avant même de les avoir pensés.

Avant, Cy, il croyait pouvoir

imaginer grand voir ailleurs songer loin.
Aujourd'hui, les étoiles, elles lui semblent hors d'atteinte
ou alors, elles se sont écrasées
quelque part entre son lotissement et le centre commercial
là où l'horizon fond sur les trottoirs
Cy se demande à quoi bon vivre si
c'est pour finir exactement là où tu es
D'être un terrien, ça craint, il en peut plus
tous les jours se suivent pareils
même le bug de l'an 2000, y a rien eu
Cy espérait une catastrophe du nouveau
une apocalypse, pourquoi pas
au moins, ça aurait été l'occasion
de vivre quelque chose.

Devant l'entrée du collège, Cyrus aperçoit BenJ et deux de ses cousins. BenJ, c'est le garçon toujours vêtu d'une salopette en jean, qui vit dans le quartier des coteaux ouest. Tout le monde le connaît à Val-de-Seine. Au collège, on l'embobinait et on arrivait à lui tirer des thunes contre des Mentos. Ouais, je t'assure, ces pilules, elles font s'allonger le pénis, tout le monde en prend. Des conneries du genre. Lui, gobait tout. BenJ, il a un corps d'adulte, un cerveau de onze ans et Casimir, un teckel obèse. Il paraît, c'est parce que BenJ ne lui donne à boire que du Nesquik.

Sur le trottoir opposé, BenJ, en pleine démonstration de son nouveau scooter. Il fait rugir le moteur, *Bam* un coup de pied à Casimir, juste à temps, il allait pisser sur une roue.

Cy, la colère, d'un coup. Il sait qu'il ne devrait pas. Sauf que, c'est plus fort que lui, Ce débile, avec les allocs, il s'est payé un scoot, c'est dégueulasse, en plus, y a moyen qu'il renverse une vieille, putain, toi, tu vas devoir trimer comme un ouf.

Cy, un moment, il l'observe, crevant d'envie. Puis il trace sa route. Finalement, il ne s'emmerdera pas à déposer des CV.

28

Chloé, les yeux gonflés de cernes violets. C'est le chagrin débordé des paupières.Sur les docks, le fleuve ondoie argenté, on dit que c'est à cause de l'usine cramée, des particules d'amiante tombées dedans.

Assise sur un banc, Chloé lit Verlaine. Cette nuit, à force de renifler dans son oreiller, elle s'est juré, avec Cyrus, faut prendre ses distances. Cœur barbelé. Marre de souffrir. Entre les pages de son livre, elle éparpille les regrets.

Une ombre grignote le soleil.

– *Il pleure dans mon cœur*
Comme il pleut sur la ville ;

Chloé lève le visage. Un métis avec des tresses plaquées, un ensemble jogging-sweat à capuche Von Dutch et à la narine, un anneau doré. Elle le reconnaît, Ydriss un truc comme ça, ils étaient ensemble en sixième. Elle l'ignore.

– *Quelle est cette langueur*
Qui pénètre mon cœur ?

Chloé, regard noir, Pourtant, ça se voit que t'es pas d'humeur. Elle le rembarre :

– Tout le monde l'apprend au collège, ce poème. Y a pas de quoi se la jouer.

Ydriss éclate de rire. Ses yeux, comme deux plumes noires au-dessus des pommettes.

– Ouais, t'as raison. C'était de la frime mais c'est naze.

Il s'assoit à côté d'elle, Je me rappelle de toi, Chloé, c'est ça ? Sixième D. Chloé Ouais ouais, les lèvres barrière. Puis

Ydriss s'étire et se met à contempler une poubelle, elle déborde d'emballages gras et de gobelets en plastique.

– Tu fais quoi, là ? elle demande, pour l'inciter à dégager.

– Je profite du calme. Chez moi, c'est petit et on est nombreux. Mes sœurs, elles sont déchaînées.

Il sort un livre de la sacoche qu'il porte en bandoulière. Malgré elle, les yeux de Chloé ripent sur la couverture, Ydriss remarque.

– Stephen King, t'aimes bien ? *Carrie*. Ça raconte l'histoire d'une fille harcelée au bahut. Sauf qu'en fait, elle a des super pouv…

– Je connais.

– OK.

Silence. Mais Chloé, maintenant, tout l'étourdit. Les joggeurs, la Seine, une mouette qui déchiquette un reste de sandwich. Ydriss. Surtout Ydriss.

– Ça craint, il ajoute.

– De quoi ?

– L'incendie. Aux infos, ils racontent qu'on se rend pas compte pour l'instant, mais avec tous les produits chimiques qui ont brûlé, ça a pollué l'air de ouf, on risque de se taper des cancers dans dix ans.

– Alors avant de clamser, j'aimerais bien finir mon livre.

– Message reçu.

Il la boucle. Sauf qu'Ydriss à l'autre bout du banc, trop près. Chloé, la tête qui tourne. C'est l'odeur sucrée de l'huile de coco. Les mains brunes. L'éclat doré sur l'aile du nez. Chloé range son livre dans son sac à dos, se lève et s'éloigne. Au bout de quelques mètres, elle flanche. Fait demi-tour.

– Tu viens souvent lire ici ? elle dit, plantée face à Ydriss.

– Ça m'arrive. Et toi ?

– De temps en temps.

Mensonge, c'est la première fois. Chloé cramoisit.

– À plus, alors ? Ydriss demande.
– Tu peux rêver.
Juste avant que Chloé s'en aille, ils échangent un sourire.

29

– Lo, c'est pour toi ! lance Anne, le téléphone sans fil à la main.

Lola quitte la table et prend le combiné à sa mère. C'est au sujet du casting, elle lui chuchote. Lola, l'air Je m'en bats les c. Elle s'éloigne dans le couloir, histoire qu'Anne ne fourre pas son nez dans ses affaires.

– Lolita ? C'est Paul, de *Futures Stars*.

Le gars du jury. Lola palpite. Elle module sa voix, lui insuffle du chaud et du suave.

– Salut Paul, ça va ?

Depuis la salle à manger, Thom espionne, Pff, les yeux au ciel. Les lèvres de Lola, Va te faire, en sourdine.

– Très bien, ma belle. Tu fais partie des candidates que je vais coacher jusqu'au *prime*. Dis-moi, tu serais partante pour une séance photo ?

Lola, comme si déjà, la lumière des spots et les flashs de l'appareil. Dans sa tête, ça éblouit pareil.

– Bien sûr ! Je suis trop impatiente.

– Parfait. Prévois une tenue et un maillot de bain. Ça te va, qu'on te photographie en maillot de bain ?

– Pas de souci.

– À bientôt alors, Lolita. Je te rappelle pour te donner les détails.

Lola raccroche et rejoint les autres dans la salle à manger. L'excitation, planquée sous l'épiderme. Ça lui colle la chair de poule. Anne observe sa fille, espère qu'elle la mette au courant. Lola, même pas un regard, Tu peux toujours courir.

Ce soir, le père de Lola est rentré tôt, il dîne avec eux. C'est rare. Anne marque le coup, elle a commandé chez le traiteur italien : cœurs d'artichaut à la romaine, lasagnes végétariennes et tiramisu.

Lola, le nez plissé, lorgne sur tout. Que du gras et du sucré. Direct stocké dans les fesses… Elle se sert deux cuillerées de cœurs d'artichaut.

– Alors, t'es virée ? Thom demande.

– Ta gueule. J'ai un shooting dans pas longtemps.

– Ne vous parlez pas comme ça ! Pour une fois qu'on est tous ensemble, dit Anne.

Lola, sous la table, balance un coup de pied à Thom. Son frère, Pétasse, il souffle, dans son verre de Fanta.

Anne, à son mari.

– Lo t'a raconté pour son casting ?

Le père de Lola Oui c'est super, les yeux lointains. La fatigue, en plis sur son visage et ses fringues. Sans demander plus de détails, il entame sa part de lasagnes.

Lola, ses doigts glissent sous la couture de son short. Elle pince. C'est quoi ce bourrelet ? Dég. Du bout des lèvres, elle mâchonne un cœur d'artichaut.

30

Dans la rue Le Nostre, au bas de Jouvenel, Gabriel et ses potes font tourner une bouteille de Get 27, appuyés contre le capot de l'Audi. Je te jure, elle a inondé mon canap, à force de la doigter, j'avais les doigts tout fripés. Les rires se prennent dans les rayons des phares comme des insectes.

Gabriel, muet. Il pense vague, à des années-lumière. Tout là-haut, la nuit l'estompe, et lui se fragmente entre le vide et les étoiles. Quasi dans les vapes, il finit par bouger, rentre dans sa voiture et démarre le moteur. Ses potes, surpris, dégagent du capot.

– Une barrette de shit pour celui qui me trouve l'adresse de Romane, la rousse qui traîne avec Lola Chaumanet, il lance par la fenêtre.

Et il s'en va, longeant les globes lumineux des lampadaires.

***

Toute la semaine, Gabriel cherche quoi faire. Il ne s'y attendait pas. Aux crampes de ventricule. Au souffle en spasmes. Au désir qui tonne fort. Ça le vide de ses forces. Bientôt, il ne sort de chez lui que dans l'espoir de.

Une fois, dans la file du glacier, Gabriel, son cœur s'accélère. La serveuse, elle a dit quoi, c'est pas son prénom qu'elle appelle ? Il se décale pour voir par-delà les autres. Non. Fausse alerte.

Un autre jour, au passage piéton devant la poste, une chevelure rousse. Il pile, Merde, et cale deux fois avant de réussir à redémarrer.

Gabriel va jusqu'à errer dans des coins de Val-de-Seine où il ne va jamais. Les allées du centre commercial, différents arrêts du bus 18 et même le skatepark, il déteste, putain, toute cette poussière qui te crade les pompes.

Partout, il aperçoit des éclats cuivrés qui s'évaporent aussitôt. Gabriel, sans répit. Toute la semaine, il court après des mirages.

C'est le jeudi aprèm qu'il la croise sur les docks. Elle en rollers, avec la blonde, comme d'hab. Lui, le cœur à la ramasse. Lola et Romane font une pause, assises sur le bord du quai, les jambes se balançant dans le vide au-dessus de l'eau. Elles sirotent des sodas dans des gobelets en carton McDo, Gabriel voit les dents blanches mordiller les pailles. Lui, il la mordillerait pareil, Romane, là, dans le cou.

Il approche, Romane tourne le visage et la lumière cascade sur ses joues, ses épaules, sa poitrine. Ça éclabousse Gabriel de partout.

Ils se regardent. Mais c'est lui ?   Elle, enfin.

Quelques mètres. Encore un peu. Voilà.

Les filles le dévisagent. Entre eux trois, le silence enfle. Gabriel, il voudrait le remplir avec des mots mais ne dit rien. Il s'allume une Marlboro et clope à la place. La fumée comble l'espace.

Il tend sa cigarette à Romane. Elle trois lattes, puis Gabriel garde la suite pour lui, car sa salive en otage sur le filtre. Entre deux bouffées, il demande :

– Romane, ça te branche de m'accompagner à la fête du Lac ?

Frémissement de bouche. Ça bruisse comme un sourire.

– Bouge, tu nous fais de l'ombre, l'envoie balader Lola et Romane détourne les yeux, loin profond, dans la Seine.

Elle ne le calcule plus. Pourtant, il y a deux minutes, Gabriel pensait que. Il l'aurait juré. Bouleversé, il fait demi-tour et jette sa clope dans le fleuve.

Le soir, Gabriel, dans un bain chaud. Auréolé de mousse et des lueurs de bougies parfumées, les yeux à demi clos, il a des visions troubles de sables mouvants. Dans l'eau à 38 °C, Gabriel tremblote. Non-stop. Au bout d'une heure, il sort, glacé, le pénis entortillé sur lui-même, et s'emmitoufle dans son peignoir. La lumière de sa chambre le fait vaciller. Il s'inonde d'obscurité, s'enroule dedans et se planque sous sa couette.

Gabriel se gèle. Puis suffoque. En sueur, la peau à vif, on croirait il n'est qu'une fièvre immobile. De derrière sa porte, les chuchotis de sa mère et sa nana, Qu'est-ce qu'il a ? Pourvu qu'il se soit pas chopé une MST. Et Sylvie, Je crois juste qu'il est amoureux. Gabriel, entre deux frissons brûlants, s'en veut. Amoureux, putain, c'est censé faire mal comme ça ? Pourquoi t'aimes la seule fille qui n'en a rien à cirer de toi ? Quel con merde quel con. T'as pas fait gaffe et voilà comment tu morfles, à te prendre l'amour en rafales.

Le lendemain matin, Gabriel se lève, ses draps sont encore humides. Face à son miroir, il se trouve les joues creuses, le regard perdu. Il flippe. C'est que jusque-là, Gabriel n'a jamais connu le manque, le vertige de l'incertitude. D'habitude, c'est lui qui fait souffrir.

Vers 10 heures du matin, Raph sonne à sa porte. Gabriel sort en peignoir, et même les yeux fiévreux et le visage froissé de nuit, il est toujours aussi beau. Entre les mains s'échangent un sachet en plastique contre un bout de papier. Gabriel le déplie. C'est l'info qu'il voulait.

En silence, il s'habille, met du gel dans ses cheveux et se vaporise deux *pshtt pshtt* de *Black XS* au niveau de l'aine. Il sort de chez lui. Plaqué contre sa fesse, le papier où est notée l'adresse de Romane, dans la poche arrière de son jean.

À fond, il roule jusqu'au quartier des Filatures, fait trois fois le tour du lotissement, Pourvu que ce boulet de Raph se soit pas trompé d'adresse, on dirait qu'il n'y a personne.

Dans la voiture, la radio hurle en boucle *Donne-moi ton cœur, baby, ton corps, baby, je veux une femme like u*, et sa déclaration d'amour s'envole par la vitre baissée, se fracasse sur les façades des maisons sourdes, s'émiette ras les pelouses.

Gabriel, sans savoir quoi faire. Il finit par se garer devant le pavillon, il n'y a plus qu'à attendre.

Vers 13 heures, Romane et Blanche, à l'autre bout de la rue, les bras chargés de courses. Gabriel, dans son rétroviseur il guette, le cœur en compote, et lorsqu'elles s'engagent dans l'allée, il sort de sa voiture, la portière claque, Salut.

Elles se retournent. Romane se fige. Pourquoi il s'est pointé ici ? Blanche fronce les sourcils, les regarde l'un l'autre, sans savoir s'il faut dire quelque chose, d'ailleurs, quoi ? Gabriel hésite, Je peux vous aider ? et il saisit les sacs des mains de Blanche. Surprise, elle l'invite à les suivre.

L'intérieur de la maison. Gabriel, stupéfait. Tout est fade et triste, une enfilade de pièces en dégradé de blanc-gris. Les meubles, que des carrés et des rectangles. Lui imaginait autre chose. Une tempête de vie. Comment cette fille si, tellement, a pu grandir dans un endroit pareil ?

Gabriel dépose les sacs sur la table de la cuisine. Sans faire attention à lui, Blanche et Romane rangent les courses dans le frigo, bourrent les étagères de sachets de pâtes Panzani et de boîtes de conserve.

Un moment, et Romane pivote, s'avance. Les yeux baissés, elle le dépasse. Une mèche de cheveux qui traîne, en retard. Ça frôle son avant-bras. Gabriel, son souffle trébuche, c'est le désir qui fout la pagaille.

– Vous êtes un copain de Romane ? Blanche demande. Et elle pose un verre de Coca sur la table.

– Si on veut.

Blanche détaille son visage, elle cherche à déchiffrer la belle gueule. C'est qu'au milieu de la maison grisaille, Gabriel irradie, c'est comme s'il absorbait toutes les couleurs de la pièce. On le soupçonne, on veut protéger. Gabriel soutient le regard, mal à l'aise.

En fond, des pas dévalent l'escalier et si Blanche s'apprêtait à dire un truc, elle ne le fera jamais. Romane réapparaît, les lèvres rose humide du gloss qu'elle s'est mis en vitesse. Elle tend à Gabriel un livre, *Cyrano de Bergerac*.

– Tiens, le bouquin que tu m'as prêté.

Gabriel, en lui-même, C'est quoi ce délire, mais déjà, elle lui fourre le livre dans la main et le guide vers la sortie. Sans qu'il ait le temps de capter quoi que ce soit, les voilà sur le perron. Romane s'approche, elle sent bon, et son haleine sur le lobe de l'oreille fait un chatouillis. Si peu de distance entre les peaux, il pense, c'est pas se toucher, c'est pire.

– Désolée, je sais pas quand mon père va rentrer, elle chuchote.

Et elle lui claque la porte au nez.

Gabriel, la peau mille-feuille. Il s'effrite en dedans.

Dans sa voiture, il balance le bouquin sur le siège passager. Le front contre le volant, il soupire, Cette fille, c'est dingue, elle te fait plus d'effet que toutes les meufs que t'as eues nues dans ton pieu, Putain, cette fille, elle te tue.

Du coin de l'œil, il aperçoit le livre à côté, les pages en éventail, et au milieu, quelque chose qui dépasse. Il l'attrape, c'est un ticket de caisse Carrefour :

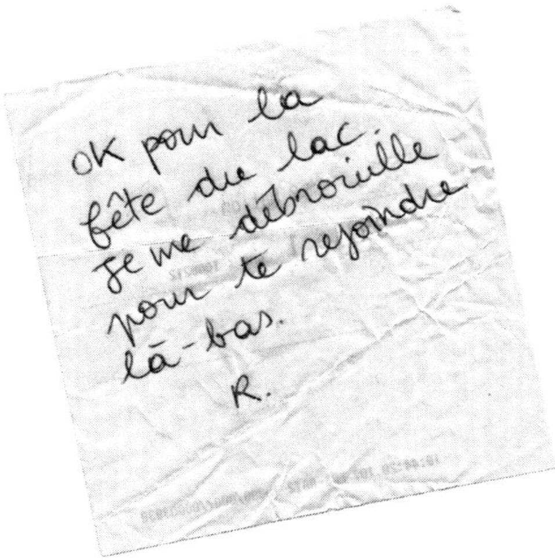

31

Deux heures et trois bières que Serge est attablé au bar du PMU
Sur le comptoir, un éventail de jeux, Pactole, Bingo, Cash, Millionnaire
et dans sa poche, encore vingt francs
il s'en servira pour parier sur un cheval
ou une équipe de foot de Ligue 2
surtout pour gratter les jeux
dont les noms miroitent comme une piscine au soleil

Deux heures et trois bières que Serge ne réalise toujours pas
Comment tu vas annoncer ça à Blanche, merde
qu'il est au chômage
pour une durée indéterminée, a dit son boss au téléphone
le temps que l'usine soit réhabilitée
et encore, si les associations de victimes ne leur collent pas un procès au cul.

Y a quoi dans ta poche ?
Ah oui, deux pièces de dix francs
Il va falloir plus que ça
pour rembourser le prêt payer la bouffe faire le plein d'essence
et puis tu vas glander quoi, tous ces jours ?
L'usine au moins, t'avais ta routine t'étais utile
Là dehors, tu n'es rien

T'es rien, pour une durée indéterminée
comme dirait son boss au téléphone.

Ouais, vas-y, Jean-Pierre
je mise sur Lens, sûr qu'ils vont défoncer Clermont
Et puis, remets-moi une pinte pendant qu'on y est
il se tourne vers la salle
et l'écran qui diffuse les courses de chevaux
Je suis en repos aujourd'hui, Serge dit
C'est pour ceux qui se demandent ce qu'il fout là
en pleine journée, dans ce bar qui schlingue les heures vides
Ils ont lu les journaux, Serge voudrait pas
qu'ils croient que
alors il raconte, il est muté sur un autre site
à Colorizol, ils ont des ressources, t'imagines même pas
ils laissent pas leurs employés dans la merde
On lui pose sa pinte
Serge claque ses dernières pièces
De l'index, il gratte les jeux un par un
sous son ongle, ça s'incruste, les saletés argentées
Serge gratte encore, on croirait il cherche à déterrer un espoir
il perd perd perd à chaque fois
et la mousse de sa bière dégouline sur le comptoir.

32

Romane, s'éclipser, échapper à l'Ogre, respirer, juste ce soir. Elle court, *clap clap clap* les tongs, et le jour orangé s'attarde dans le ciel, il trace une ligne de lumière en fusion.

Vingt minutes plus tard, chez les Chaumanet, la porte de la salle de bains verrouillée à double tour. Derrière, on entend les éclats de voix et les rires. Lola, *Preums* ! Elle se dandine, se débarrasse de ses vêtements et file sous la douche. L'eau brûlante, bientôt, la vitre se brouille, c'est la buée. À travers, le corps de Lola, on croirait ses contours se diluent.

La salle de bains, elle est deux fois plus grande que celle de Romane. Sur le lavabo, une collection de parfums Chanel à moitié vides, des produits de beauté, et un grand miroir rectangulaire, au-dessus. Le voilage à la fenêtre n'est pas tiré. Bah quoi, Lola dit, On peut bien mater, j'ai rien à cacher.

Au bord de la vasque, sa Chupa Chups délaissée. Romane la met dans sa bouche. Sur la céramique, les cristaux de sucre ont formé une rosace ; de l'ongle, Romane gratte, ça colle sous son pouce.

– Lo, tu sais, Gabriel ?

La sucette goût fraise, elle se barbouille les lèvres avec ; enfant, elle faisait ça pour mimer un rouge à lèvres.

– L'autre connard d'Orsini ?

– Il est passé à la maison, j'ai dit oui pour le rejoindre à la fête du Lac.

L'eau en trombe sur le carrelage. D'une main, Lola essuie la buée. Sur la vitre, son visage apparaît, les gouttelettes translucides autour.

– Tu comptes coucher avec lui ?

– J'y ai pas réfléchi.

Silence. Romane, les yeux par terre.

– Ouais, c'est ça. Chou, ça craint que tu sois encore vierge à seize ans mais t'es sûre que tu veux que ce soit lui ton premier ? Parce ce que faut que tu saches : Orsini, il baise tout ce qui bouge.

– Si ça se trouve, c'est que des rumeurs.

– Tu parles… Tu peux me passer un Vénus neuf, steuplé ? Dans le placard, étagère du bas.

Romane, Ouais, on se passe le rasoir, Lola reprend :

– Gabriel, c'est un fils à maman bourré de fric. Comme il s'emmerde, il ne pense qu'à sortir sa bite. Si ça te gêne pas, j'ai rien à dire. Mais moi, en ce moment, j'en peux plus des mecs de notre âge. Ils sont juste trop… inconsistants.

Sucette en suspens. Dans l'air, les effluves de savon, l'humidité est tiède parfumée.

– C'est nouveau, ça ? Romane se marre.

– Je suis hyper sérieuse ! J'ai envie d'un homme qui s'assume et qui sait s'occuper des femmes. Genre Paul, mon agent. Ça se voit direct qu'il a de l'expérience. Il a trop la classe.

Romane jette la Chupa Chups dans la poubelle sous le lavabo. Cherche comment, ça semble impossible, raconter les yeux de Gabriel la bouche de Gabriel l'odeur de Gabriel, c'est quoi les mots, pour dire ce qu'elle ressent, ça fait quelques nuits, quand les paupières closes, il s'infiltre en dessous et l'empêche de dormir, tellement que sa couette, elle la serre entre ses cuisses, et tout contre, son bassin comme les vagues, s'enroule s'enroule et enfle et gonfle jusqu'à, tu sais, le fracas brûlant, celui qui pulvérise le ventre, et c'est seulement après qu'elle s'endort, son sommeil, il est chaud et mouillé.

– J'ai envie que ce soit lui, j'crois que je suis…

– Aïe ! Putain, j'ai failli me couper la lèvre !

Romane, sa confidence, elle la ravale. Au-dedans d'elle, c'est embrouillé doux amer, ça fait comme un regret, Voilà, Lo, faut toujours que tu ramènes la conversation à toi.

Sur la pointe des pieds, Lola sort de la douche, ses cheveux dégoulinent dans son dos, *ploc ploc* ça mouchette le tapis de bain.

– T'en penses quoi ?

Sur son pubis rasé, une petite coupure rouge. Lola humecte son pouce, essuie le sang. Romane regarde, ce corps le sien elle compare, C'est où que ça se voit, à quel endroit de la peau c'est marqué, que je suis encore vierge et toi pas ?

– Pourquoi t'as fait ça ? elle demande.

– Pour ma séance photo.

Romane, une grimace. Lola explique :

– Pour passer à la télé et devenir une star, faut être un minimum bandante et c'est pas avec des poils qui sortent du maillot que j'aurai l'air sexy. Alors ?

Romane hausse les épaules.

– Je sais pas, ça fait actrice porno.

– Parfait.

Lola retourne sous la douche. Romane se penche de l'autre côté de la vitre.

– Fais gaffe quand même.

Lola pouffe, pivote vers Romane et l'attrape par le coude, Fais pas la conne, rires, Arrête, merde, et elle l'entraîne tout habillée sous la douche.

– Chou, juste boucle-la et sois jalouse.

Face à face, l'eau en pluie sur leurs visages, Lola, ses doigts font des menottes autour des poignets de Romane.

– Je vais te montrer comment on fait, souffle Lola.
– Pour ? dit Romane, des mèches collées sur les joues.
– Être irrésistible.
Et Lola l'attire à elle. Tout contre. Bouche. Lèvres. Langue. Encore pareil, dans le désordre. C'est frais sucré. Puis Romane, elle sent, c'est la main de Lola qui titille son nombril, elle dégrafe le bouton de son short et tire sur l'élastique de sa culotte. Les yeux dans les yeux. Ça fouille au-dedans. Aucune ne cille. Et sur la bouche de Lola, Romane soupire.
Soudain, Lola s'éloigne, À ton tour, pour la douche.
Elle sort, s'enveloppe dans une serviette, se démêle les cheveux. L'air de rien, elle fredonne. Romane quitte ses vêtements trempés sur le carrelage, elle ferme les yeux sous l'eau chaude.

33

Le lendemain.

Quartier des coteaux ouest, le perron de la tour C, sur le sol, il y a de vieux chewing-gums, des mégots et des pelotes de poussière. Sur un des murs, un tag ON ENCUL LA POLISS et sous l'interphone, on a dessiné une bite au Tipp-Ex.

– C'est une vraie connerie, ce qu'on va faire, dit Antonin dans le dos de Cy.

Mehdi, les mains dans les poches, fait la gueule.

– Ouais, Cy, c'est quasi du vol.

– Rien à voir, c'est du troc, Cy réplique en faisant défiler les noms sur l'écran de l'interphone.

– En plus, t'abuses d'un handicapé, Antonin ajoute. Il regarde sous la semelle de sa basket, Fait chier, un chewing-gum s'est collé dessous.

Dans l'interphone, ça grésille lointain. Puis au milieu de la friture, une voix :

– Allô ?

Des aboiements derrière.

– Salut, c'est Cy.

Silence.

– Qu'est-ce que tu fous là ?

– J'ai un deal à te proposer.

– Ah ouais ? Vas-y, monte. Appart 8D.

Biiiiiiipppp

Les garçons pénètrent dans le hall. Ça sent l'urine et la clope. L'ascenseur les emmène au huitième étage.

BenJ ouvre la porte. Il habite un studio, avec une mini-cuisine qui donne sur le salon, un canapé-lit convertible, une table basse et dessus, un écran plat, démesuré par rapport à la taille de l'appartement. Deux fenêtres, les vitres sont sales, elles donnent sur les tours voisines.

Par terre, dans un coin, une gamelle, trois sacs de croquettes et deux boîtes de Nesquik. Sur le canapé, Casimir grogne, les babines à l'air. Au fond de la pièce, on voit des maquettes en allumettes exposées sur une étagère. Il y a la tour Eiffel, Big Ben, le Nautilus et le Faucon Millénium.

– Waouh ! C'est toi qui fais ça ? Antonin s'étonne.

– Hmmm, répond BenJ en grattant une tache de ketchup séchée sur sa salopette. C'est pas si compliqué quand on a compris le truc.

Puis il s'installe dans le canapé, à côté du chien. Comme ils prennent toute la place, Cy, Antonin et Mehdi restent debout.

– Alors, c'est quoi votre plan ? BenJ demande.

Antonin et Mehdi mouftent pas. Cy ouvre son sac à dos, sort sa PlayStation emballée dans un vieux tee-shirt Final Fantasy VII.

– Je te prête ma Play. En échange d'autre chose.

BenJ fronce les sourcils.

– Y a un souci ? Elle est pétée ?

– Elle est comme neuve, j'en prends super soin, demande aux gars. (Antonin et Mehdi, Oui oui et se dépêchent de regarder ailleurs.) Et avec, je te file deux manettes et trois jeux.

Cy dépose la PlayStation, Tomb Raider 1, Tekken 3 et Street Fighter sur la table basse. BenJ prend la console, l'examine sous tous les angles.

– Tu veux quoi en échange ?

– Bah, propose, on va voir. Mais faut que ce soit de valeur équivalente.

BenJ, d'une bourrade, sans raison, il dégage Casimir du canapé. Le chien couine et file se planquer près de sa gamelle.

– J'ai un Tamagotchi et une Nintendo avec Pokémon Rouge. Celui où tu commences avec Salamèche.

– Des jeux vidéo, j'en ai déjà plein.

BenJ cale ses bras grassouillets derrière sa tête. Sous ses aisselles, on voit deux traces de transpiration.

– J'sais pas trop alors.

Cy, comme s'il réfléchissait. Puis il se lance :

– Tu pourrais peut-être me prêter ton scooter ? Genre un mois, par exemple.

BenJ s'excite d'un coup.

– Mais je viens de l'avoir, mon scoot !

Antonin et Mehdi, une œillade en biais. Putain, ça va partir en couille. Cy garde son calme. En surface. Dedans, il flippe plutôt pas mal. BenJ, c'est connu, des fois il pète les plombs sans qu'on capte pourquoi. Et il ne mesure pas sa force, il a déjà pété le nez d'un mec comme ça.

– Si tu joues à la Play, t'en auras pas besoin. Tu profites de la console à fond pendant les vacances et début septembre, je te ramène ton scooter.

– Et comment je suis sûr que tu vas me le rendre ?

– Sois pas con, la carte grise, elle est à ton nom.

BenJ, ses petits yeux ronds, l'air concentré.

– En plus, ça te fait un mois sans payer d'essence, Cyrus ajoute. Et je te fais un plein avant de te le rendre.

BenJ, d'un geste délicat, branche la Play sur le téléviseur, met la console en marche. Il saisit une manette, hésite sur le jeu, ce sera Tekken 3.

– Les clés sont sur le micro-ondes. Le scoot, il est dans le parking souterrain, place 256.

Et BenJ ne fait plus attention à personne.

Cy, Merci mec, kiffe bien !, et il récupère les clés.

Puis, avec Anto et Mehdi, ils se magnent de quitter le studio.

Dans l'ascenseur, ils s'adossent aux parois, explosent de rire.

Trop facile.

34

Chloé se fait croire
que ce n'est pas pour Ydriss
qu'elle revient lire sur les quais
que ce n'est pas dans l'espoir de
C'est plutôt pour le soleil, prendre l'air, la vue sur la Seine, tout ça tout ça
Elle se fait croire
qu'elle préfère vivre dans les romans
comme quand gamine, elle devenait princesse sorcière fée en dedans
pendant que les autres filles se transformaient au-dehors
Chloé se faire croire
qu'elle kiffe que ça lui suffit
les personnages de ses livres
Si t'as ça, pas besoin d'avoir quelqu'un ici
Chloé se faire croire
qu'elle s'en balance
quand, face à elle
deux parents et un bébé dans une poussette
le rat qui graille dans une poubelle
deux mecs qui s'embrassent
et surtout
le banc vide
Elle s'en balance, du banc vide
elle s'assoit
mais ne parvient pas à ouvrir son livre.

***

Le lendemain, Chloé se lève à 11 heures. Calfeutrée dans son pyjama, elle s'enferme chez elle. Un Coca, le micro-ondes, une pizza. Elle se mate le coffret collector de la saison 1 de *Buffy contre les vampires*, de la sauce tomate et du gras plein les doigts.

En milieu d'aprèm, Nadine téléphone, Chlo, est-ce que tu peux poster le chèque pour ma commande de shampoings, s'il te plaît ? Chloé, Mouais, un grognement, comme si elle avait mieux à faire.

Sur le chemin, Chloé hésite, elle se cherche des excuses, T'as pas bougé de la journée, va faire un tour. Elle passe par les quais. Dans sa tête, sans trop y croire, on sait jamais.

Pourtant, quand elle aperçoit Ydriss, elle balise. La honte, t'as même pas pris ta douche. Tu sens les aisselles et la pizza Buitoni. Elle avance de traviole, encore plus quand Ydriss lui sourit. Étrange, la sensation. Chloé, c'est pas souvent, qu'elle capte l'attention.

– T'as amené quoi comme livre ? il lui demande.

Chloé, les mains vides. Elle reste con.

– Je l'ai oublié à la maison.

– T'es venue ici pour quoi, alors ?

Soudain, Chloé, la gorge sèche. Ydriss rit en douce et sort une paire d'écouteurs de sa sacoche.

– On s'écoute de la musique ?

Chloé, pas de réponse, mais elle s'assoit à côté de lui. Maladroite, elle saisit l'écouteur qu'il lui tend mais entre eux, trop de distance, les fils tendus au max glissent des oreilles. S'cuse. Pendant qu'elle se rapproche, il dit Tu vas voir, le rap, c'est comme de la poésie.

L'un contre l'autre, ils écoutent les Sages Poètes de la rue, les yeux vagues, le ciel fait un drap bleu au-dessus d'eux.

35

– Chou, j'suis désolée mais là, ça va pas être possible qu'on se voie. Juste les trois jours avant mon shooting, faut que je me concentre, tu comprends ? Oh non, boude pas steuplé ! Ouais, tu sais, c'est pareil pour moi. Bisous, chou, tu me manques déjà. Je t'aime.

Bip bip bip

***

Trois jours que Lola ne se nourrit que
de jus détox betterave-carotte
Ça fait une jolie peau, ils disent dans les magazines
Avec ses cheveux baignés d'huile d'avocat
ses masques ses crèmes et son baume à lèvres goût cerise
Lola, l'odeur d'une salade de fruits

Ouvert sur sa table de nuit, le *Jeune et Jolie* du mois d'août
Pour Lola, c'est comme une boule de cristal
à l'intérieur, elle cherche l'avenir
et pour se porter chance, elle lit ce qu'elle a déjà lu dix fois
la double page sur Justin Timberlake et Britney Spears
on parle de leur coup de foudre, de comment
ils sont jeunes et riches et célèbres et sexy
Lola pense, J'aimerais trop être comme elle
et s'endort en rêvant des clips sur M6.

À 8 heures du matin, le réveil sonne
Fun Radio, le son du dance floor
Enjoy the music
Lola saute de son lit, elle a le corps d'une anguille
souple lisse électrique
À son miroir, elle murmure du bout des lèvres
des trucs, ça ressemble à des vœux des prières
Elle enfile un string en dentelle,
par-dessus, sa robe rouge et sur son corps,
le satin dégouline.

Dans le train, Lola pose son front contre
la vitre
reflète son regard.
Dedans, ça miroite de rêves et d'envies.

À la gare de Rouen, Paul l'attend près d'une Mercedes
les talons de Lola *clac clac clac*
tant mieux, les talons, sinon elle ne pourrait pas s'empêcher de courir
comme une gamine tant elle a hâte.
Paul, dents blanches, chaîne en argent et touffe de poils qui fuse de la chemise.
Qu'est-ce qu'il est stylé, Lola pense
En plus, Paul lui ouvre la portière
et quand elle s'assoit, Lola gémit presque
c'est que sa robe frémit sur les sièges
en cuir, et ses cuisses tout pareil.

À l'intérieur de la Mercedes, ça sent la thune le neuf et le parfum Armani
le moteur et la musique gueulent fort fort
il y a même un toit ouvrant, Lola éclate de rire
lorsque le vent chahute ses cheveux
fait des loopings sur le rebord de ses cils
et le soleil inonde ses joues

Lola rayonne, c'est comme rêver debout.

Quand elle entre dans le studio, rue Saint-Romain
Parquet d'époque, moulures, baies vitrées avec vue sur la cathédrale
Tout le monde l'attend,
une équipe entière, rien que pour elle
tant de regards, rien que pour elle.
On commence, Lolita ? T'es prête ?
Bien sûr, elle répond
Depuis tout le temps, elle pense.

clic clic
Les flashs sur sa peau
clic clic
Et les yeux de Paul ricochent
clic clic
sur ses seins ses hanches son ventre
tandis qu'elle enchaîne les poses
enlève des vêtements
Lola, marguerite qui s'effeuille
elle aime un peu beaucoup passionnément à la
clic clic
les flashs en myriade
puis ça s'arrête soudain, on remballe le matériel
En vingt minutes, c'est bouclé, à croire
qu'on a d'autres choses à faire
à croire qu'on a d'autres choses en tête.
Bravo, t'assures, Paul dit.
Lola, les joues qui brûlent
Je peux donner plus, elle ajoute
Ça faire rire Paul.

Sous le nez de Lola
on tend un verre de champagne
T'as bien bossé, tu mérites

L'alcool a des reflets d'or en fusion
Lola boit
et de suite, les bulles s'éparpillent
de la gorge au ventre à la tête
l'euphorie en paillettes
ça la fait se marrer
à tout
avec tout le monde
Au bout d'une demi-heure
elle tangue sur ses talons
Paul, une main sur sa taille
Lolita, je te raccompagne à la gare.

Dans la Mercedes, Lola s'alanguit,
la tête penchée sur le côté
et les paupières mi-closes,
elle chantonne à voix basse
quand Paul démarre
I will always love you
en duo avec la radio
Lola, elle plane
haut loin, au milieu des étoiles.

C'est pour ça qu'elle ne réagit pas
quand les doigts de Paul frôlent sa cuisse
Ils ont dû déraper sur le levier de vitesse
chuter du volant et atterrir sous sa robe
par hasard
Ça arrive, elle se dit
Quand même, elle détourne le regard
Par la fenêtre, le paysage défile
Le centre-ville, les lotissements, la ZAC, les ronds-points
Lola s'accroche à la ligne d'horizon
Paul roule, comme si de rien
et les doigts deviennent une paume entière

une paume large comme un étau, elle enserre tout entière
la cuisse de Lola

Feu orange – rouge – vert, virage, un pont on traverse la Seine
puis une enfilade de hangars et de parkings
Paul se gare derrière un entrepôt réaffecté
C'est le 106, une super salle de concert, il explique, Bientôt, tu chanteras là
Lola cligne des paupières – quoi ? – sans voir le bâtiment
c'est à cause de
la main
des doigts
ça obstrue tout
ils rampent comme des insectes
montent montent montent
et fouillent
sous la dentelle de son string.

Lola, regard vague
elle se force à sourire
Sans doute qu'il faut passer par là
pour avoir ce qu'on veut
Si c'est pas toi, une autre le fera
Faut juste ignorer la respiration rauque de Paul son odeur acide les bruits de succion quand il l'embrasse sur l'épaule   dans le cou   au coin de la bouche
surtout son soupir, Oh, Lolita
et il fait glisser une bretelle le long de son bras
Cette putain de robe, si t'avais su
Sur sa peau, la langue de Paul
Lola pourrait gerber sur place
mais plutôt elle se persuade, C'est rien, c'est normal,
Pire, elle se tourne vers lui
et s'excuse
d'une voix comme un courant d'air

Paul, faut que je te dise, je suis vierge. Désolée si je sais pas trop m'y prendre.
Voilà, elle s'excuse de ne pas savoir faire
ne pas être assez bonne
pour un mec dont elle ne veut pas.

Paul se fige
contemple les cheveux en pagaille, la bouche rose
et le regard qui se dérobe
il pense, C'est quoi dans ses yeux les reflets troubles
c'est de la peur, il capte, ça le fait débander direct.
Sans un mot, il s'écarte, remet sa ceinture et démarre.
Un quart d'heure plus tard, il dépose Lola à la gare.
Je t'appelle, ma belle.

Dans le train, Lola pose son front contre
la vitre
reflète son regard
Dedans, ça miroite vide.

36

Romane s'ennuie.
Trois jours sans Lola, une putain d'éternité.

37

Romane, les yeux collés au plafond. Pourquoi elle n'appelle pas ? Le shooting devait finir à 16 heures, et déjà, la nuit dilue ses lueurs bleues par la fenêtre. Allongée sur son lit, Romane frotte ses pieds l'un contre l'autre, se tourne sur le ventre le dos, et le temps, lui, n'en a absolument rien à foutre qu'elle crève d'impatience. Dix minutes plus tard, elle se lève et s'assoit en tailleur devant son miroir. *Clic* l'halogène. Auréole de lumière. Romane saisit ses cheveux, les attache les tresse les lâche, Qu'est-ce qu'il a, ton visage, elle sait, cette moue sur sa bouche, c'est le manque de Lola.

En bas, un cri. Romane fuse hors de sa chambre, dévale les escaliers. Dans le salon, Blanche. Toute petite, recroquevillée contre le canap. L'Ogre, immense à côté. Son poing, il le serre encore. La force qu'il y a, contenue dans ce poing. Lorsque Serge aperçoit Romane, il déglutit puis pivote. Ses pas, ça vibre dans le sol, il retourne s'asseoir face à la télé, puis télécommande, volume + + + et En direct du Havre, notre correspondant pour France 3 blablabla.

Romane se penche. À l'oreille, Maman, ça va ? Puis elle glisse une main dans la sienne. Blanche, sonnée, sa peau couleur chiffon. Un filet de sang coule de son nez. Romane la guide jusqu'à sa chambre et quand elles s'allongent toutes les deux sur le lit, Blanche, c'est rien qu'un souffle,   Ton père, il est au chômage.

Romane ne répond rien, à quoi ça servirait, toutes les deux, elles savent. L'une contre l'autre, elles se blottissent. Au creux des poitrines, tu sens, ça cogne vite vite vite.

***

Thomas, écouteurs dans les oreilles, en étoile sous les draps. En face, le mur est décoré de planches de skate et de tags faits au marqueur noir par ses potes. Contre le bureau, une guitare prend la poussière, la housse est sous le sommier avec des paires de chaussettes sales. Thom, il apprenait *Stairway to Heaven* pour l'anniversaire de sa copine, ils se sont séparés avant, les cordes de guitare, il ne sait plus quoi en faire.

Quand il sent quelque chose s'infiltrer sous ses draps, Thom sursaute Putain ! les écouteurs chutent des oreilles. Ses yeux, pleins d'obscurité, mettent un moment avant de discerner la forme, et les spirales tout autour, c'est les cheveux de Lola. Il la secoue par l'épaule, chuchote crie Mais t'es complètement dingue, tu m'as foutu la trouille ! Sauf que la seule réponse, c'est l'écho de son dos immobile. Thom grogne, pousse des pieds, cherche à la dégager du lit. C'est que sa sœur, maintenant, c'est aussi ce corps, ça ne devrait pas être là, si près, trop. Lola, il insiste, et pense, Ça, c'est vraiment un truc de fille de venir te faire chier même la nuit, mais voilà qu'il sent, elles tressaillent minuscule, les omoplates de sa sœur, Dis, t'es pas en train de pleurer, hein ?
Thomas, rien à dire. La pudeur, tellement, les mots étouffent dans sa bouche. Alors, il se rallonge, Pourquoi t'es malheureuse il pense, et il l'enlace, Ça devrait pas exister, que tu sois malheureuse. Lola, roulée en boule fragile. Elle colle ses pieds gelés à ses tibias. Thom, doigts timides dans les mèches blondes. Il caresse les cheveux

de Lola, caresse encore, jusqu'à ce qu'elle s'endorme. Lui passe la nuit, paupières rivées sur le mur, tellement étrange ton odeur, Lola, ça sent la femme et la petite fille à la fois.

***

Cy, sur le scooter, a des images plein la tête. Ça s'enchaîne à fond, la Californie, les palmiers, les filles en bikini, une bière sur la plage après sa journée de taf à la NASA.

Cy sait qu'il s'enflamme, jamais il ne fera ça avec une bécane qui ne dépasse pas les quarante-cinq kilomètres/heure. N'empêche, le moteur qui rugit quand tu fonces, l'odeur d'essence et la nuit qui vrille au-dessus de ta tête, ça sent carrément la liberté.

Coup d'accélérateur devant chez Romane. On sait jamais. Imagine que ça attire son attention, qu'elle se penche à la fenêtre de sa chambre et qu'elle te voie, elle capterait : tu peux l'emmener où elle veut, loin d'ici, de cette rue où on la cloître, si ça lui donnait envie de, tous les deux ensemble, peut-être que loin loin loin, Toi Moi on pourrait. Rien que d'y penser, Cy, son cœur s'affole.

Alors, il insiste. Il passe une, deux, trois fois. Il guette,
rien.

Et au bout de dix minutes, c'est Monsieur Gasparini qui sort de chez lui, Tu veux pas aller faire tes conneries ailleurs ? Sans la ramener, Cy range le scooter dans son garage, en faisant gaffe de ne pas rayer le break de ses parents.

***

bip bip bip

– Salut, c'est Romane. Lo est là ?
– Ouais mais elle est malade.
– Vas-y Thom, me prends pas pour une conne.
– J'te jure que c'est vrai !
– Passe-la-moi, steuplé.
– …
– Thom ?
– Elle veut pas te parler.
– …
– Désolé, Romane.
– Mais pourquoi ?
– En vrai, elle ne veut plus parler à personne depuis son shooting. Mais elle ira quand même à la fête du Lac. Y a moyen que tu la voies là-bas.
– OK, merci. Bisous.
– À plus.

bip bip bip

***

Deux jours plus tard, l'aprèm, tout en lumière jaune. Romane, sous la fenêtre de Lola, le soleil en miroir dans ses yeux, elle voit le rideau qui ondule. Bientôt, la silhouette de Lola, Qu'est-ce qui se passe, à quoi tu joues ? Je suis censée faire quoi si t'es pas là ? Et au travers de la vitre, dans leurs yeux, ça dialogue muet :

On sort ?

Je suis mieux chez moi

Je veux être avec toi

J'ai envie d'être seule

Explique-moi

Tu comprendrais pas

Explique-moi

Je veux pas que tu comprennes

Laisse-moi t'aider

Je suis forte

Je me sens mal sans toi

J'ai besoin de personne

Tu me manques

Tu me fatigues

Prends-moi la main

Lâche-moi

Suis-moi

Casse-toi

On avait dit nous deux,
toujours

Y a que moi qui compte

Je tiens à toi

Moi aussi, tu sais

Alors, viens

Non

Si

Non

Bon, qu'est-ce qu'on fait ?

Vague du rideau, le visage de Lola disparaît derrière. Romane reste immobile quelques minutes. Puis s'en va.

38

– Voilà, ça devrait le faire, annonce Mehdi en lançant un tournevis sur le tas d'outils éparpillés sur la pelouse, près de la bride du scooter. Maintenant, tu peux monter facile jusqu'à soixante-dix.

Puis il s'accroupit et essuie ses mains dans l'herbe.

Un essaim de moucherons plane au-dessus de la poubelle, à côté de la porte du garage. De temps en temps, des effluves sucrés de fruits pourris, ça pique les narines des garçons.

Cy passe les doigts sur le cadre du scooter. Dans le rétroviseur, il aperçoit un fragment de ciel, ça ondoie bleu immense.

– T'imagines la tête des autres quand je vais me pointer avec à la fête du Lac ?

Mehdi se relève, les doigts encore barbouillés d'essence.

– Pourquoi c'est toi qui l'aurais pour la fête ? On devait pas le jouer à un tournoi de Dead or Alive, toi, moi et Anto ?

Cy plisse la bouche. Tripote le rétro d'une main. Le reflet, il capture des nuages, un sillage d'avion, la lumière.

– Ouais mais bon, c'est quand même moi qui l'ai négocié avec BenJ… Et je lui ai aussi laissé ma Play en échange.

– T'avais dit que si on t'accompagnait, on l'utiliserait à tour de rôle.

Cy, pas de réponse, mais y a pas moyen. Il met ses mains dans ses poches. Mehdi semble vouloir ajouter quelque chose et, au même moment, Cy s'égare. En face, Romane rentre chez elle, les bras serrés sur sa poitrine, et dans ses cheveux, la lumière fait éclater des éclairs rouges. Mehdi suit son regard, Pff.

– Tu sais, Cy, depuis que tu la kiffes, t'es devenu super con. T'as capté que même Chlo, elle te supporte plus ?

Cy, face à lui, muet, encore.

Mehdi soupire, baisse la tête, À plus, je m'arrache.

De l'autre côté de la rue, Romane, elle aussi, observe Cy, et maintenant que Mehdi s'éloigne, elle le voit hésiter, tourner en rond. Cy la fixe et monte sur son scoot, *vroom vroom*, crache des fumées gris-noir qui puent, sans aller nulle part. Mais qu'est-ce qu'il fout ? elle se demande. Toi, si t'en avais un, de scoot… Oui, tu ferais quoi, toi, si t'en avais un ?

Tout à coup, Romane bifurque dans sa direction et de loin, elle lance Tu me fais faire un tour ? Elle approche, Cy se laisse happer, c'est son visage sa bouche le duvet clair au-dessus de ses lèvres, c'est fait pour les vertiges, tu sais, Romane, quand tu me parles, ça m'ouvre un cratère entre les côtes, ton visage ta bouche le duvet clair au-dessus de tes lèvres. J'ai pas de casque, Cy prévient. Romane, Pas grave, et elle s'installe derrière lui.

Cy sent les cuisses, le sexe chaud, le cœur qui bat, tout contre. Il démarre, ses bras à elle se serrent sur sa taille, et il l'emmène, il ne sait pas où, comment tu veux que je pense, Romane, si tu me prends dans tes bras.

On roule. Au hasard. Trop vite et en sens interdit. On s'en fout. Ce qui compte, c'est le vent, ça gifle, le bruit beaucoup, les rayons de soleil aussi en brûlure sur les rétines, et peut-être les corps en tension, peu importe, du moment qu'au-dedans, ça dévore.

Vingt minutes après, Cy redépose Romane devant chez elle. Elle descend du scooter, les cheveux tempête. Merci, ça m'a fait trop du bien. On croise les regards. Une suspension. Qu'est-ce qu'on accroche dedans ? Cy pense Embrasse-la *maintenant*, mais à la place, Je t'emmène en scoot au lac demain soir ? Romane, un peu trop vite, Désolée, j'y vais déjà avec quelqu'un. Et voilà, les yeux s'évitent, on se concentre sur les trottoirs. Pas de souci, c'était juste comme ça, dit Cyrus. Romane, du bout des lèvres, souffle un Merci sur sa joue. Cy la regarde s'en aller, et à chaque pas,

reste   où tu vas   tu me laisses encore
toujours   pourquoi
putain, au-dedans, ça l'arrache.

39

Les guirlandes, on croirait un firmament, ça illumine la plage multicolore. En dessous, on danse, le DJ passe Mariah Carey *I Know What You Want*, ça fait un ressac de hanches de bras de ventres. Les corps serrés, au milieu les bouteilles de bière, et les bouches échouent dessus, au goulot, c'est les salives qu'on goûte.

Romane, au bord de la foule. Une égratignure au genou, c'est quand elle a glissé le long de la gouttière en passant par la fenêtre. Dans sa robe à sequins nacrés. Fille coquillage, elle aimante les regards, c'est quoi qu'on entend si on se colle à ta bouche ? Romane, elle irait bien se fondre dans la foule. Au niveau du nombril, elle les sent, les mouvements des autres filles, celles qui connaissent déjà la nuit, la musique, les corps soudés. Ça pourrait sortir d'elle tout pareil. Si c'était pas si nouveau. Si Lola avec elle. Alors, pour l'instant, elle observe, parfois ferme à demi les paupières, et l'air autour vibre fort, beaucoup.

Un groupe arrive, ils se connaissent tous. Prennent la place, au centre. C'est ceux du quartier Jouvenel, ça s'habille cher et ils ne parlent pas pareil, quelque chose dans l'intonation. Romane fouille, cherche Gabriel, déjà, elle a hâte, déjà elle a peur qu'il la plante, et au lieu de le trouver, c'est sur le regard de Lola qu'elle tombe. Assise sur un tabouret haut, à la buvette. Gloss, mini-jupe et dos nu rose pétant. Les filles se toisent, ça pourrait figer l'espace autour, mais vite Lola se détourne, Encore tu m'évites, pourquoi tu fais ça, Lola.

Lola, deux bières à la suite. Le regard de Romane, il l'a écorchée, un peu, là où elle est vulnérable. Alors, elle parle fort, trois mecs plus âgés la mangent des yeux, elle en rajoute elle abuse.

– En fait un shooting, c'est épuisant. Tout le monde croit que c'est juste prendre des poses mais faut être hyper concentrée pour capter ce que veut le photographe, tu vois. C'est à la fois super artistique et technique.

– Et c'est quand le *prime* ? demande un des gars.

– Le 10 septembre. Chaque candidat aura sa chanson et y aura même des stars invitées pour faire des duos. Après, c'est le public qui votera par téléphone.

– Moi, je voterai pour toi.

Et Lola rit. Pratique pour cacher tous les bobards qu'elle distribue gratuit. Tu comprends, chou ? C'est pour ça que je t'évite, toi tu saurais, que je raconte n'importe quoi, faudrait que je t'explique le casting foutu, et ce que Paul a, comment, pourquoi il me répond plus au téléphone. Chou, je peux plus me mentir à moi-même, si t'es face à moi.

À l'écart, assise sur une chaise en plastique, Chloé seule. Un Coca sur la table, elle ne le boit pas. Déjà qu'elle se trouve boudinée dans sa robe, toutes ces bulles, si ça se trouve, ça ferait craquer les coutures. C'est qu'elle a passé deux heures à se préparer, elle a sorti et étalé toutes ses fringues sur son lit, les a regardées sans oser les toucher, deux heures à imaginer des tenues, comment on fait pour être sexy sans avoir l'air d'une pétasse, a enfilé une jupe, choisi finalement un pantalon noir, a même changé de culotte, au cas où Ydriss, elle doit le retrouver ce soir, on sait pas ce qui. Chloé finit par se lever, furète près de la baraque à churros, l'odeur grasse et sucrée, elle se dit, ça doit sentir ça, tous ces corps qui se frottent l'un à l'autre.

Soudain, derrière un couple, Cy apparaît, il a l'air tout aussi paumé qu'elle. Il s'avance et lorsqu'il est face à elle, pas un mot. Chloé Quoi ? On dirait que t'as vu un cadavre, Cy fait non non de la tête, c'est pas ça.

C'est que Cy, il capte maintenant que Chloé est une fille, en fait, il le savait déjà, du moins en théorie, mais là, Chloé avec ses grands yeux, ses cheveux noirs, elle ressemble un peu à Uma Thurman dans *Pulp Fiction*. T'es jolie, il lâche. Chloé croit mourir, dans sa tête, Merde non, t'as pas le droit, ça fait des années que j'attends ça, t'as pas le droit, pas ce soir.

Soudain, une voix derrière Romane, On voit que toi, facile de te trouver. Elle se retourne, Gabriel, il lui prend la main, et ça devient une planète, cette main dans la sienne, ça contient tout au centre, la nuit, la fête, la foule. Les doigts s'emmêlent, longtemps, ça permet d'attendre, déjà on s'imagine emmêler autre chose. Sans un mot, Gabriel entraîne Romane vers les cabines de plage. Là-bas, la musique s'estompe, et les lumières pareil. Derrière l'une des cabines, il sort une mini-bouteille de Malibu de sa poche, la débouchonne et boit une gorgée. Il la tend à Romane, c'est quoi ? Gabriel, Du rhum avec de la coco et de l'ananas, vas-y, goûte, les filles adorent ça. Romane, du bout des lèvres, le sucre en pellicule sur la bouche, elle sourit, Maintenant, je sais quel goût elle a, ta bouche, il murmure, tu sais que j'y pense sans arrêt, à ta bouche ? Puis Gabriel range sa bouteille, c'est l'heure du feu d'artifice, et quand les premières étincelles jaillissent, Gabriel attire Romane contre lui, il l'enlace et le sourire de Romane, il fait comme des lucioles dans la nuit.

Au loin, Cy a vu. Les regards, ce qui palpite dedans, quand Gabriel a emmené Romane à l'écart. Dans sa poitrine, ça se désagrège. Comment tu fais, pour pas t'éparpiller par terre ? Soudain, Cy embrasse Chloé. Il l'embrasse, comme il aurait pu faire autre chose, shooter dans un caillou, gueuler vers le ciel. Il l'embrasse, yeux grands ouverts, les dents s'entrechoquent. En apnée, quelques secondes. Chloé le repousse, Qu'est-ce que tu fous ? Au fond des yeux, ça brille liquide, presque à déborder.

Au même moment, Ydriss, enfin, avec son sourire lumière. Il slalome entre les gens, galère à les rejoindre puis il met une main autour de la taille de Chloé, Désolé, j'ai loupé le début, fallait que j'endorme mes petites sœurs. Il checke Cy, poing fermé, Salut mec, moi c'est Ydriss. Cy, pas un son. Y a un souci ? demande Ydriss. Les feux d'artifice pétaradent fort. Non, dit Chloé après un instant, c'est Cyrus, un ami d'enfance. Ydriss acquiesce puis tend à Chloé une barquette de frites, Tiens je t'ai pris ça. Cy, il n'y croit pas, Putain Chlo a un rencard, il hallucine, encore plus quand elle et Ydriss s'en vont, À plus, et qu'il se retrouve seul comme un connard.

Quelques pas et Ydriss, Y a un truc chelou entre vous ? Chloé la boucle, Ydriss se marre Comme t'es mystérieuse, il trempe une frite dans le ketchup et lui tamponne le nez avec. Chloé renifle puis éclate de rire.

Au loin, Lola aussi a vu. Les regards, ce qui palpite dedans, quand Gabriel a emmené Romane à l'écart. De l'ongle, elle gratte une tache de graisse incrustée dans le bar de la buvette. Une écharde s'enfonce dans la pulpe du doigt. Au-dedans d'elle, ça fait mal, c'est de les voir si beaux, Romane et Gabriel, tellement qu'ils éclipsent la foule, la fête et même les étoiles, c'est eux les étoiles, tout ce désir qui gravite autour, alors ça explose sans bruit dans ses poumons son ventre sa gorge à Lola, Putain, pourquoi elle a le droit d'être heureuse et pas toi ?

Lola choisit un des trois mecs en face d'elle au hasard. Elle se penche, susurre à l'oreille. OK, il répond. Puis ils se lèvent et s'en vont en direction du parking.

Dans le ciel, c'est le bouquet final, ça éclate dans tous les sens, gerbes rouge vert or, on balance *La Chevauchée des Walkyries* en fond sonore. Romane et Gabriel, main dans la main. Ils s'échappent vers le rivage.

40

Le clapotis des vagues. Et le vent, il s'échoue sur les pommettes.

Gabriel rame à l'avant, à l'arrière, Romane a le cul mouillé à cause de la mare d'eau croupie qui stagne au fond de la barque. Elle pense, ça va foutre en l'air ta robe et ta culotte.

clap clap clap

Peu à peu, Gabriel et Romane s'éloignent de la berge. On cherche un rivage à l'écart, un endroit où tamiser les regards, les souffles. Même si pour l'instant, on fait genre, c'est pas ce que tu crois, on distille la suite, elle flotte en suspens.

Dans le lointain, Romane entend encore le grondement des basses, des éclats de rire. Bientôt, ils sont absorbés par le lac et dedans, les étoiles ondulent, on croirait que le ciel les a crachées à la surface.

Gabriel et Romane accostent sur une bande de sable, entourée par des touffes de roseaux, des ronces et en fond, une rangée d'arbres. Dans les ombres, tapis, des bouteilles de bière vides, des Kleenex sales et des emballages de capote.

Romane descend de la barque, ses plateformes dans une main, l'autre dans celle de Gabriel. En silence, ils s'assoient par terre, on frissonne, l'humidité transperce les fringues. Gabriel se rapproche, si près, sa cuisse contre la sienne. T'en veux encore du Malibu ? Il boit et lui tend la bouteille. Romane, du bout des orteils, elle gratte

gratte le sable et creuse de petites tranchées. Oui merci, deux gorgées, elles sucrent sa langue, une goutte reste suspendue, elle se lèche le coin de la bouche.

La nuit, bleu dense, a des odeurs d'algues et de vase. Elle vibrionne aussi, c'est le grésillement des insectes, et Romane sa peau, elle vibre autant, c'est que souvent, enveloppée dans ses draps, elle a imaginé Lui Elle Quand Comment – mais là, c'est pas pareil, avec Gabriel juste à côté, elle touche son souffle elle avale son parfum, non, c'est pas pareil, d'y être presque, elle pense, au moment même où Gabriel se penche, et soudain sa bouche, un gouffre qui l'absorbe, elle n'est plus que ça, sa bouche, puis aussi ses lèvres sa langue ses dents, leurs bouches, elles s'explorent, en nœuds en spirales du bout de la et tout entière, ça dévore l'autre, leurs bouches, encore, soupir Tu me plais trop Romane, soupir, Toi aussi, Soudain, Gabriel s'écarte, J'ai chaud, il défait les boutons de sa chemise un à un Romane contemple ce qu'il dévoile, c'est beau, cette peau dorée et le torse où s'éclatent les rayons de lune, la lumière creuse les muscles, on voudrait y glisser les doigts, la langue, et entortiller autour de l'index, les poils noirs qui descendent en ligne du nombril vers le
Gabriel et Romane, bouche bouche, encore Tellement à goûter, une nuit c'est trop peu pas assez, là, là et là, t'aimes ? Comment ça fait ? Ils s'allongent, l'un contre l'autre Romane, yeux grands ouverts, on y voit le ciel à l'envers Elle veut tout sentir tout Avec l'épiderme, elle cherche, découvre, les doigts osent, et ça fait la peau qui résonne, lorsque les creux sous l'omoplate, la moiteur douce des aisselles, les fesses à tâtons à travers le Levi's, Gabriel, lui, yeux mi-clos C'est pour ne pas se prendre la beauté en pleine tronche, celle des taches de rousseur, des cheveux de feu, des yeux vertiges Il flippe, parce que là, ce visage, ce regard, ça l'émeut, on fait face comment à ça, y a de quoi se perdre et c'est pas loin

que Gabriel oublie tout, ses ruses, ses tactiques de beau gosse, faut faire autrement ce soir, c'est à cause du cœur qui explose Romane, son souffle rivière Alors, c'est ça le plaisir un soleil qui t'atomise le ventre ? Ce qui veut s'échapper de sa bouche, elle l'étouffe Fais pas trop de bruit, comme dans sa chambre, quand elle boucle ses soupirs à double tour Gabriel aussi se retient Il croit Ce sont les meufs qui gémissent ou les homos, lui maîtrise le plaisir en sourdine Sauf que Romane, maintenant y a sa main sur sa braguette, elle fait glisser la fermeture Éclair, ses doigts caressent par-dessus le caleçon, putain, grognement, c'est trop bon, Gabriel s'impatiente, il remonte la robe à sequins, voilà les côtes le ventre les hanches les cuisses Romane voudrait déchiffrer son regard, Pas possible ton regard, c'est rien qu'un foutu calligramme, comment je sais si je te plais ? Ça serait con de demander pour de vrai T'imagines s'il ne te répond rien Elle demande quand même Tu me trouves belle ? Et Gabriel qui trace avec la langue des constellations sur son ventre, chuchote dans son nombril T'es une bombe, tu me rends dingue, t'es super bonne Romane rit Putain, c'est pas drôle d'être fou comme ça d'une meuf, pense Gabriel, il pourrait lui confier Tu sais, ça rend fragile, ça donne envie de tout foutre en l'air juste pour te faire jouir mais sa langue, elle l'empêche de parler, c'est parce qu'elle râpe sur la dentelle de la culotte, et dessous, pendant que Romane Oh oui il joue à cache-cache dans les coins et les replis, elle a le goût humide brûlant salé, pense Gabriel et du bout des doigts, la capote dans la poche arrière de son jean.

Autour d'eux, les roseaux en alcôve se balancent dans les courants d'air. Sur la berge, ils estampent des ombres chinoises.

***

Paupières closes. Romane, cheveux rosace dans le sable, Gabriel la tête posée sur son épaule. Ils respirent pareil. Leurs sexes encore gonflés et chauds. Romane coule, Gabriel fond peu à peu à l'intérieur d'elle.

Sans la regarder, Gabriel T'as joui ? Romane, Oui oui. Mais en fait, non. Si elle osait, Gabriel, tu veux pas t'occuper de moi ? J'étais vraiment pas loin. À la fois, elle se dit, Tu t'en fous, toi contre lui, c'est déjà dingue.

En vrai, elle espérait autre chose. Un truc qui sonne mieux, juste après.

Un mot-grenade.

Un mot du genre deux syllabes.

Du genre *tic tac boom* et le cœur qui éclate

Je t'

Merde. Tu l'as pas vraiment dit ?

Si. Elle sent encore l'empreinte fantôme des mots qui ont chuté de ses lèvres

Je t' pire que se balancer d'une falaise

Gabriel lui prend la main.

Dans la nuit au-dessus d'eux, les fumées du feu d'artifice se dissolvent en volutes pâles.

41

Le lotissement semble vide. Juste les sphères lumineuses des lampadaires et autour, de minuscules points noirs en nuée, des moustiques. Lola claque la portière. Ça résonne loin. Alors qu'elle s'éloigne, le mec dans la Twingo l'appelle, Lola ? En boudant, elle revient sur ses pas, se penche par la fenêtre.

– Hmmm ?

Ses mèches blondes dévalent le long de la vitre conducteur.

– Je t'attends ici ou faut que je me gare ? il demande.

– En fait, vas-y. J'habite pas loin, je rentrerai à pied.

Le mec dévisage Lola. À son rétroviseur, un porte-clé Scooby-Doo se balance d'avant en arrière.

– On devait pas finir la soirée ensemble ?

– En vrai, ça me dit plus trop.

Lola, clin d'œil, et elle se barre. Dans son dos, il gueule Pétasse !, puis vrombissement du moteur, elle pense Si tu savais, et elle se rend jusqu'à la porte des Fauvel.

Dring Elle attend. Mais qu'est-ce qu'ils foutent ? En plus, elle a super envie de pisser, Lola serre les cuisses, gigote sur place et son regard tombe sur le vieux toboggan, la pelouse cramée où elles font la sieste, elle et Romane. Presque, Lola aurait des remords. Mais non. Elle les chasse. On s'est dit qu'on partagerait tout, pas vrai, chou ? Pourquoi je serais la seule à souffrir alors ?

Toujours personne. Lola, la migraine qui pointe, c'était vraiment de la merde, ce mousseux, d'ailleurs cette soirée aussi, et tous ceux qui y étaient, des connards. Elle sonne de nouveau, rien, ça l'énerve, elle assaille la porte de coups de poing.

On finit par ouvrir. C'est Serge. La chemise à demi sortie du pantalon, une clope à la main, l'œil jaune. Il ne dit rien, toise Lola. Dans sa tête, Pas possible que cette garce ose se pointer à cette heure-là, ses parents, qu'est-ce qu'ils foutent, ils la surveillent jamais ou quoi ?

Lola incline légèrement le visage, elle sourit.

– Romane est à la fête du Lac. Je l'ai vue partir seule avec un mec. C'était juste pour prévenir.

Lola pivote. S'en va. Impossible d'affronter son regard, à Serge, ça obligerait à penser aux conséquences, à Romane, qu'il risque de, peut-être pire. Dans son dos, elle entend la porte qui claque et le volet électrique du garage s'ouvrir.

***

Romane bat des paupières. Tourne le visage. Gabriel ? À sa place, sur un caillou, un papillon de nuit. Son corps, on le dirait découpé dans des cendres. Si fin, poudré, couleur poussière. Ses yeux démesurés l'observent, et tout au fond, ça semble contenir un bout d'univers. Lorsque Romane se redresse, il agite ses antennes poilues et s'envole.

Romane, autour d'elle, la nuit, l'eau, la plage. Gabriel, t'es où ? Si ça se trouve, il est allé pisser. Elle espère. Attend.

Au bout d'un moment, assise là seule, elle tressaille. Sa robe, encore au-dessus des hanches. Elle écarte les jambes, voit son pubis piqueté de grains de sable, ça gratte, et aussi des petites écailles de sang à l'intérieur de ses cuisses, elle s'humecte l'index, nettoie. Puis elle remonte sa culotte, emmêlée autour des chevilles, enfile ses plateformes.

Romane, au milieu des roseaux, encore un instant, il n'a pas pu il n'a pas pu il n'a pas pu il n'a pas pu. Mais au fond d'elle-même, elle sent, peut-être que si. Alors, elle se lève, longe le rivage, et sur son passage, les ronces s'accrochent à sa robe. Dans son sillage, Romane sème un sentier de petits sequins nacrés.

Sur le parking, c'est désert. Rien à part la Peugeot 206 sous un réverbère, Romane la reconnaît de suite, et l'ombre massive assise sur le capot aussi. Une lueur rougeoie par intermittence, c'est un mégot, il crachote de la fumée. Romane s'approche. Comment il sait que t'étais là ? Sur ses talons, elle oscille, n'a même pas l'idée de s'enfuir. De toute façon, t'irais où ?

Romane, sa silhouette dans les phares. L'Ogre, même pas à deux mètres, il explose, Tu te fous de ma gueule ? Sa salive jaillit en postillons, il s'avance, rien que ça, tu sens la puissance, la même que celle des machines qu'il conduit à l'usine. Lorsqu'il attrape Romane par le bras, il serre fort, pour faire mal. Elle, son cri, elle le ravale.

Ta copine, elle m'a dit que t'as passé la soirée à te faire tripoter, petite conne. Romane vacille. En dedans, Qu'est-ce que t'as dit ? C'est pas de Lola que tu parles, hein ? Elle ferme les yeux. Derrière ses paupières, elle se persuade, tout ça n'existe pas, derrière ses paupières, elle se réveille emmêlée à Gabriel, l'Ogre, il ment, c'est sûr, Jure Lola, t'as pas fait ça ?

Quand elle les rouvre, ce que Serge voit dedans le fait vriller. Il déglutit. Ces éclats verts, c'est quoi ? Ça ressemble plus au regard de ta gamine, merde. Soudain, il frappe. En plein visage. Les taches de rousseur éclatent, la lèvre s'écorche rouge, Romane tombe. Sur sa joue, la terre. Cils voilés de poussière. Romane, un haut-le-cœur puis elle se relève à demi. Déjà, l'Ogre retourne à sa bagnole, Magne-toi, il lui crie. Le faisceau des phares tranche les ombres, dans leur rayon, des particules de terre en suspension.

Romane se traîne jusqu'à la voiture et se laisse tomber sur la banquette arrière. La douleur, sur sa joue, s'épanouit en boursouflure violette. L'Ogre démarre et fonce sur la nationale. À l'arrière, Romane avale la nuit.

42

La Voix de la Normandie
Le 25 août 2000

Catastrophe sanitaire et écologique à Val-de-Seine

Un mois après l'incendie qui a ravagé l'usine Colorizol, l'enquête fait état de 10 000 tonnes de produits chimiques brûlés. Or, la préfecture n'a toujours pas instauré de suivi de la santé de la population ou des dégâts causés à l'environnement. Les associations de victimes dénoncent une catastrophe sanitaire et écologique dont l'ampleur est volontairement minimisée.

Colorizol, qui pourvoit 5 000 emplois dans la région, appartient depuis 2011 au milliardaire américain Warren Buffett. Le groupe a déjà été mis en examen en 2017 pour « déversement de substances nuisibles » dans la Seine.

Rappelons qu'au lendemain de l'incendie, le club des pêcheurs seinnois a trouvé des dizaines de poissons échoués sur les berges du lac, le ventre tourné vers le ciel.

Partie III
Septembre 2000

Save tonight
And fight the break of dawn
Come tomorrow
Tomorrow I'll be gone

43

8 h 30, sur le parking des employés de Colorizol
Derrière son pare-brise
Serge enchaîne clope sur clope
Quel con, t'as recommencé à fumer
et en même temps, t'as rien d'autre à faire, non ?
Serge observe les hangars cramés la tôle en fragments noirs sur le sol
Au milieu, il y a ces guignols habillés en cosmonautes
ils nettoient les débris, ça soulève des souffles de cendre
la même que celle qui poudre son pantalon
Des fois, les cosmonautes regardent Serge
C'est qui ce dingue qui se pointe tous les jours ?
Serge pense, Vous savez pas ce que c'est
de ne pas savoir quoi foutre de soi
Vous savez pas ce que c'est
de vivre dans une baraque pleine d'odeurs de femme
t'es enfermé là-dedans comme dans un coffre
Non, vous savez pas ce que c'est
De quoi vous foutre le bide de travers
ces effluves qui s'incrustent partout
dans la poussière sur les meubles les draps les plis des rideaux sous les tapis
quand tu vis là-dedans, y a pas de place pour toi, tu te dis
L'odeur d'essence de l'usine, presque elle lui manquerait.

Chaque matin, ça fait trois semaines
Serge entame sa première bière à 11 h 30
C'est un pack de six qu'il a sur sa banquette arrière
Dans le lecteur CD, un seul album tourne en continu, celui de la comédie musicale *Starmania*
Il se souvient, gamin, sa mère écoutait ça et chantait au milieu du salon
C'était rien qu'eux deux, quand elle chantait au milieu du salon
Ce moment volé en douce (le père au taf, pas là pour les faire chier)
ça lui est resté, à Serge, et ça lui colle une sale nostalgie
Quand passe la *Complainte de la serveuse automate*, ou pire, *SOS d'un Terrien en détresse*
il pourrait presque chialer.

Serge rentre à la maison en début d'aprèm
il est déjà soûl, le seul truc qu'il a la force de faire,
c'est du *zap zap zap*, il enchaîne *C'est mon choix* trois épisodes de *Maigret* des pubs pour Optic 2000 avec Johnny Hallyday La moutarde il n'y a que Maille qui m'aille La Toyota Yaris Les Chocapic c'est fort en chocolat un ou deux reportages sur France 5 *Des chiffres et des lettres*
le seul truc qu'il a la force de faire, c'est ça
ou gueuler pour rien
C'est quoi qu'on mange ce soir T'étais passée où Bordel, c'est encore les voisins qui mettent la musique à tue-tête ?

Pendant ce temps, Blanche et Romane
vivent telles des ombres
elles se faufilent habitent le silence et les recoins
dans leurs yeux, on voit, ça cherche les brèches de lumière
que Serge ne dévore pas

Il n’y en a pas beaucoup
et Blanche pense
Un jour, ça changera ?
et Romane pense
Un jour, ça changera.

44

Romane, front contre la vitre,
sur la nuit, son souffle
fait un halo de buée
Elle se dit
La fenêtre de ta chambre, c'est un œil
qui ne s'ouvre sur rien.

Quelque part ailleurs
il y a Lola   Gabriel
Est-ce qu'ils pensent à toi ?   Non.
Au fond, tout ce qui comptait, tout ce qui t'entoure,
ce n'est rien.
Tu mens
Regarde, il reste
le lotissement   les pavillons d'en face
et leurs rectangles de lumière qui découpent l'obscurité.
Dedans, des silhouettes auréolées par
les écrans de télévision
on croirait qu'elles espèrent,
comme toi.

Romane se dit
Ici, la nuit est vide
autant qu'un hangar abandonné.
Pourtant, il y a le clignotement rouge d'une alarme
La clarté bleue d'une piscine qui ondoie
Oui, paraît que c'est pas rien

ces bonheurs fiables qu'on achète
mais ça suffit pour rêver, tu crois ?
Les phares des scooters comme des étoiles filantes
les réverbères et leurs étincelles en cage
C'est fou, on dirait toi.

Romane se dit, voilà
le voisin   sa clope   et son chien en laisse
Le clebs renifle partout
il oublie sa laisse, s'excite
c'est à cause de l'haleine des bouches d'égout et de l'odeur de pisse sur les gazons humides
Tu l'envies Toi, ta chambre, c'est un gouffre
alors tu t'accroches
à l'étoile rouge du mégot au fil de fumée
ça s'échappe en spirales
Si seulement, cette fumée, ça pouvait être toi
Tu t'évaporerais haut   Là-bas, il paraît que c'est infini
Mais bientôt, le mec, il la balance
sa c
l
o
p
e
crash sur le trottoir
un météore écrasé par une basket
Et c'est comme
si c'était   toi.

45

Matthias, lorsqu'il passe la porte, c'est l'odeur
qui le percute.
Mélange de moisissure, parfum de fille et peau grasse
La tiédeur aussi, qui s'épanche dans la pénombre
Les rideaux sont à moitié tirés
Ça obstrue les pores les yeux les poumons
Putain cette maison, l'atmosphère, elle coupe le souffle.
Matthias tire sur le col de son tee-shirt
Salut mon pote, Serge dit,
son sourire, il y a des miettes incrustées dedans.
Ils se rendent au salon

En fond, la télévision,
Les militants écologistes se sont ralliés aux associations de victimes
et bloquent toujours l'accès au site de Colorizol
Les travaux de réhabilitation sont à l'arrêt,
dit l'envoyé spécial de France 3 Normandie.

Serge, l'écran l'a happé
T'as vu dans quelle merde ils nous foutent, il commente,
Matthias hausse les épaules, Ouais on n'y peut rien.
Sauf que lui, il s'est trouvé un nouveau plan, il bosse à la station-service.

Serge, un grognement, dix jours qu'il ne peut plus approcher de l'usine

Il galère, c'est le manque, presque ça lui rappelle un chagrin d'amour
Dix jours qu'il s'enferme là avec sa femme et sa gosse
Ça change de voir la tête de Matthias
Tu veux une bière ? il propose
Matthias Ouais, merci, il se dit N'importe quoi,
file-moi n'importe quoi qui dilue les vertiges.

Serge lui fait signe de le suivre
mais Matthias, Faut que j'aille pisser
En vrai, la nausée, pas loin
Il se passerait bien de l'eau sur le visage
histoire de laver l'air trop lourd trop moite
Serge dit Vas-y, c'est à l'étage.

Dans l'escalier, les marches chouinent
Matthias, sur l'une d'elles, trouve une assiette
avec un reste de pizza   un sachet éventré d'huile piquante   une canette de Sprite
Il enjambe, des moucherons en essaim volettent
et se dispersent sur son passage.

Matthias s'engage dans le couloir,
le silence, on dirait un voile opaque.
Il passe devant une chambre
Porte entrebâillée, coup d'œil : sur le lit, une femme endormie
Et partout dans la pièce, l'obscurité de ceux
qui ne savent plus affronter le jour.
Matthias se presse
Mais c'est quoi cette maison ? Comment ils font pour vivre là ?
Plus loin, une seconde porte, elle est grande ouverte,
la lumière jaillit sur le palier
et dedans le soleil explose jaune vif.

Sur la moquette, une gamine, la rousse qu'il a aperçue au lac
short ras les fesses et haut de bikini
À plat ventre par terre, la tête penchée sur le côté
elle mordille un collier de bonbons
Les bonbons, ils sont bleus jaunes roses
Ses dents, blanches minuscules
Matthias se fige sur place
C'est que la gamine, elle le fixe sans bouger
à part les mâchoires, et ses pieds, ils se frottent l'un contre l'autre
Elle ressemble à un petit animal, cette gamine
qu'est-ce qu'elle fout enfermée là un samedi aprèm,
Matthias se demande.

Tout à coup, il fait demi-tour
dévale les escaliers
Il shoote la canette, *Cling* elle re bon dit
de marche
en
marche.
Matthias file jusqu'à la cuisine
Là, vaisselle sale, traces poisseuses sur le carrelage, poubelle à ras bord
et à côté du frigo, Serge décapsule deux bières
des gouttelettes glacées coulent le long des bouteilles.
C'est bon, t'as trouvé ?
Matthias déglutit.
Ça te dit qu'on les boive dehors, ces bières ?

***

Oui, cette gamine, qu'est-ce qu'elle fout enfermée là, un samedi aprèm ? C'est que Romane, tant que les cours n'ont pas repris, ne peut plus sortir de chez elle. Serge a transformé la maison en forteresse, dedans il emprisonne les espoirs, la porte d'entrée, il la surveille comme un chien de garde.

Romane, dans sa chambre, s'alanguit
Elle chavire immobile, c'est ses pensées
qui croissent sur les murs tel du lierre
et ses soupirs, en cascade, ils ont des odeurs de fleur
Tout le jour, elle attend
la lumière qui décline
Elle sait, au-delà de la fenêtre
c'est là-bas qu'on respire.
Le soir, Romane surveille l'Ogre
qui végète dans le canapé du salon.
Elle reconnaît, quand sa tête dodeline
son cou énorme absorbe le menton.
En elle-même, elle prie
Vas-y, l'Ogre, sombre dans le sommeil
et laisse-moi la nuit.
Déjà, la nuit, elle s'ouvre, gigantesque
Je vais chevaucher les courants d'air
Je vais dévorer l'interdit
Vas-y, l'Ogre, sombre dans le sommeil
Moi, je ferai semblant d'être dans mon lit
Sauf que déjà
la nuit est à moi
À Moi.

***

Le vent, à la surface du lac, fait des mouchoirs d'écume. La nuit au-dessus, noir dense, les étoiles fondues dedans. Sur l'eau, les barques titubent, des algues forment des récifs verts sur les coques. Devant la buvette, les tables et les chaises sont empilées les unes sur les autres, autour, on a mis une chaîne.

Les cabines de plage droites dans l'obscurité, le vent s'engouffre à l'intérieur, ça chuchote comme à travers un coquillage. Celle tout au fond, on entend, c'est quoi ça, ça ressemble à une mélopée de soupirs, ils se mélangent au vent.

Quelques minutes. Puis deux silhouettes sortent. L'une, lueur rouge au bout des doigts, la lueur, elle sent la Camel. L'autre, plus petite, fait quelques pas et s'assoit face au lac. De sous le sweat à capuche, des boucles rousses s'échappent.

Le gars à la Camel se rapproche, Ça va ? Romane, silence. Puis, Tu me files une taffe ? Ouais, bien sûr. On s'échange la clope plusieurs fois, jamais les doigts ne se touchent, dingue cette distance, alors que juste avant.

La fumée comme un brouillard. De sa basket, le gars creuse le sable. La clope finie, il la jette dedans. Romane se lève et pivote en direction du parking. Le gars, il capte que dalle, déjà sur sa peau l'étreinte se mue en souvenir, Attends, tu veux pas que je te ramène ?

Romane, sans même se retourner, Non, j'avais juste besoin de me défouler. En vrai, je préfère être seule. Elle s'éloigne. Peu à peu, sa silhouette disparaît sous les ombres gigantesques des arbres.

46

Les changements de Lola, presque imperceptibles. C'est quelque chose sur les joues qui se creusent, la brillance des cheveux (des fois, elle oublie de les laver pendant trois jours) et son regard aussi, comme si elle avait toujours une poussière dans l'œil. La porte de sa chambre, Lola en fait une herse. Ce soir encore, elle se retranche derrière, remplit la pièce de musique et s'étourdit dedans, pendant qu'elle se maquille ou s'épile les sourcils.

Toujours elle trouve une excuse, migraine, ses règles, un truc super important à faire, n'importe quoi pour éviter sa mère. Parce que Anne, c'est devenu un regret ambulant, elle a la déception figée dans le regard. Désolée Maman, ta fille ne passera pas à la télévision, ta fille, c'est une ratée, ça doit faire mal, toi qui as toujours eu ce que tu voulais, à moi aussi, ça fait mal, si tu savais.

Bambambam, par-dessus les basses. Lola ignore. *Bambambam*.

Lola souffle sur ses ongles, plusieurs fois, elle a choisi un vernis turquoise, sa couleur préférée ces temps-ci, elle souffle encore, pour faire attendre. Au bout de deux minutes, elle se lève et ouvre la porte. Thom, mèches dans les yeux, elles frottent le bout de ses cils. Ils sont si longs tes cils, Thom, tu sais que ça te fait un regard de fille ?

Tu fais quoi ? il demande. Depuis quand t'en as quelque chose à foutre, répond Lola. Thom soupire. Il penche légèrement la tête sur le côté, quand il soupire. Quand il balise aussi. Sur son tee-shirt, le visage de Kurt Cobain crie muet.

Sans déc, Lola. Si t'as besoin d'aide, dis-moi. Lola recule légèrement. C'est à cause de ce qu'elle ressent à l'intérieur, ça ressemble à une déchirure, en diagonale des poumons jusqu'au cœur. Un instant, elle imagine la chaleur des bras de son frère, sa tête sur sa poitrine, et la palpitation au centre qui rassure. Mais Lola se blinde. Va te faire foutre. Elle le repousse, claque la porte. Qu'est-ce que t'en sais, toi, comme c'est galère d'être une fille de seize ans, elle hurle sans bruit.

***

Gabriel, sur le dos de la main, une pincée de sel. La fille à côté, elle se marre. Son visage à la fille, il n'est même plus sûr d'à quoi il ressemble, des visages, il y en a partout dans cette pièce, en plus les corps qui titubent, t'as l'impression tu te noies dedans, c'est l'appartement de qui déjà ? En fond, *Love Don't Let Me Go,* ça crie dans les enceintes.

Gabriel, sur sa langue, des picotis. C'est le sel. Puis shot de tequila. Citron vert. Gabriel plisse les yeux, c'est que ça brûle les gencives, du jus coule sur son poignet. Autour, on gueule trop, dans sa tête, ça vrille. Gabriel se tourne, la fille tente de lui prendre la main, il esquive.

La foule, des vagues de bras et de jambes et au-dessus, les bouches entrouvertes, on emmêle les haleines. Gabriel traverse et avance jusqu'au balcon.

Là, ceux qui fument. On discute assis sur la rambarde, on brave le vide en dessous, ça augmente les sensations, t'imagines le truc, d'être en équilibre sur la nuit, on risque de, le corps disloqué en bas, ça fait rire d'imaginer.

Gabriel s'assoit par terre, dos contre le mur. Autour, les conversations qui s'entrechoquent, l'odeur des clopes, les sueurs acides, à en avoir le vertige. Son portable vibre dans sa poche. Il le sort

Mathilde
J'arrive pas à t'oublier

et supprime de suite le message.

Lui non plus, il n'arrive pas à oublier, mais c'est autre chose, la plage le lac Je Tu Nous, les yeux les corps les bouches. Mec, comment t'as pu faire ça ? Il pense « ça », parce que ça lui arrache la gueule de le dire, tu l'as aban
abandoquoi ?

Gabriel, la tête inclinée en arrière. Il bade, le regard perdu dans la grisaille, elle est si dense qu'elle obstrue le ciel. C'est pas souvent que Gabriel se sent comme une merde. Faut assumer. Il ferme les paupières, dessous ça pulse, en flashs électriques.

Soudain, Gabriel rouvre les yeux. Putain, tu vas pas laisser une meuf te mettre dans cet état ! Il pense à la tête de son père quand il s'est fait larguer, il pense Y a pas moyen.

Gabriel se lève, glisse son portable dans sa poche et rentre à l'intérieur. De suite, la foule l'aspire ; il se mélange, partout les rires, les bouches humides, les ventres qui s'agitent. Gabriel sent, son corps absorbe les basses, et l'écho sur sa peau, ça vibre en surface. Les filles lui sourient, elles ondulent, on espère, Vas-y, regarde-moi. Dans leurs yeux, Gabriel, c'est les reflets qu'il cherche ; Mon beau miroir, dis-moi qui est le plus, ouais, dis-le-moi. Il enlace une fille. N'importe laquelle.

47

Jupiter, la géante gazeuse,
est entièrement couverte par une épaisse couche de nuages et de vents violents.
Son ouragan le plus spectaculaire, la Grande Tache Rouge,
mesure 150 kilomètres d'épaisseur sur 10 000 kilomètres de diamètre.
Cette tempête massive dure depuis plus de trois siècles.

explique le magazine.

Cy, dans sa tête, la tempête pareil. Depuis la fête du Lac, il ne dort plus beaucoup et la nuit, en travers de son matelas, il relit ses *Science et Vie*, ça estompe un peu le chagrin, les voyages immobiles. Avant-hier, c'était sur Mars, la veille Saturne et aujourd'hui, Jupiter où apparemment, les conditions de vie sont bien dégueulasses, ça remonte le moral, finalement ici on n'est pas si mal.

Toc ! Cy sursaute.

Toc ! Le réveil, ses chiffres vert luminescent : 4 heures du mat.

Toc ! Un projectile contre la vitre.

Cyrus sort de son lit, torse nu et en calbut, et va voir ce qu'il se passe. Lorsqu'il se penche par la fenêtre, il met quelques secondes à réagir, T'es sûr que c'est pas une hallu ? C'est qu'en bas, il y a Romane, en claquettes Havaianas et tee-shirt oversize qui flotte jusqu'aux genoux.

Un moment, ils se fixent, et les courants d'air entre eux frémissent invisibles. Puis Romane pose l'index sur sa bouche, *chuuut*, et lui fait signe, Viens. Cy, OK de la tête, il mime du bout des lèvres, juste cinq minutes.

En vitesse, il attrape un short et un tee-shirt qui traînent sur sa chaise de bureau, vérifie son haleine dans la paume de sa main, coup de chance, il trouve un vieux Mentos dans sa poche. Le couloir, l'obscurité. Sans bruit, il descend l'escalier et sort de chez lui.

Dehors, le ciel est immense avec ses déchirures bleues, déjà, il perd ses nuances d'été, elles s'effilochent en nuages. Devant sa pelouse, Romane l'attend, elle jette des graviers sur le trottoir, ça rebondit dans le caniveau. Quand Cy s'approche, elle dit J'ai vu de la lumière dans ta chambre, c'est pour ça, un haussement d'épaules. Cy, T'inquiète, mains dans les poches, genre c'est normal. Romane, Tu viens ? Puis elle se met en marche. Cy avale son Mentos et, sans un mot, se contente de suivre.

Le lotissement somnole, comme si la nuit s'était cristallisée autour. Les sons parviennent étouffés, en fond la rumeur de la départementale, elle se mêle au chuchotis des arrosages automatiques.

Après avoir dépassé quelques pavillons, Romane bifurque vers le muret qui entoure le jardin des Vannier. Il n'est pas très haut, un mètre cinquante max. En prenant son élan, Romane l'escalade et retombe derrière. Cy l'imite, s'érafle le genou au passage sur le crépi, fait mine de rien. Bien vu d'être sorti en short.

De l'autre côté, le jardin est strié d'ombres longilignes. Au pied d'un arbre, un ballon de foot et des cerises rouge sang picorées par les oiseaux. Le long de la maison, on a planté des massifs de roses, ça gonfle l'air de bouffées parfumées, et sur la pelouse, des pétales font des confettis, quelques fleurs commencent à flétrir.

Romane se dirige vers la piscine. L'eau est sombre, mouchetée de brindilles et d'insectes morts.

– Ils ne rentrent de vacances que demain, Romane dit. Puis elle s'assoit sur le rebord et plonge ses jambes dans la piscine.

Cy, pareil, près de Romane. L'eau est fraîche et les saletés à la surface picotent ses mollets.

Un moment, on se tait. Lui Elle, entre eux deux, le silence. Cy cherche comment. Faudrait modeler la nuit, s'y creuser une alcôve. Sauf que Romane, à côté, si loin. Son regard se perd dans le ciel, il paraît hors d'atteinte, comment tu vas faire toi pour l'attraper en vol ?

– Tu fais ça souvent ? Cyrus se lance.

– Quoi ?

– Traîner seule la nuit. Squatter le jardin des gens.

On se parle sans regard. Romane remue ses pieds dans l'eau, *flac flac flac*. Les vaguelettes se brisent sur les jambes de Cy, ça asperge l'intérieur de ses genoux.

– Ça m'arrive. Quand j'étouffe, tu vois.

– Ça va comment chez toi ?

L'air humide, et sur les brins d'herbe, la rosée. Romane frissonne dans son tee-shirt trop grand.

– Toujours pareil. Mes parents, tu sais.

Cy acquiesce. Puis il baisse la tête, c'est parce que la suite, ça déchire de le dire.

– Heureusement qu'y a ton mec.

– Mon mec ?

– Orsini.

– Ah, lui...

Un geste, l'air de C'est loin.

– Fini. C'était un connard... On n'a jamais été ensemble, en fait. Juste une soirée...

Elle serre les mâchoires. Un soupir.

– Je te jure, Cy, vivement qu'un jour, je me barre d'ici.

Cyrus, flux d'émotions contradictoires. Dans son cœur, ça bat de traviole.

– Y a rien qui te manquerait ? il ose.

– Non... Enfin, j'sais pas, peut-être que si.

La nuit en reflet à la surface de la piscine, elle miroite, au fond, il y a même quelques éclats d'étoiles. Derrière Romane et Cyrus, au loin dans le lotissement, on perçoit le *bip bip bip* du camion-poubelle qui approche.

– Tu sais quoi, j'ai lu un truc dans un magazine, reprend Cy. La théorie du multivers. En gros, ça disait que c'est possible qu'il n'existe pas qu'un univers mais plutôt… des bulles d'univers. Nous, on vivrait dans l'une d'elles et ça serait possible qu'on ait des doubles, presque identiques, quelque part. Imagine nous deux, pareils au bord d'une piscine mais avec une variation, genre, la piscine, elle serait remplie de champagne.

Romane entrouvre la bouche. Ça frémit. Elle éclate de rire.

– Quoi ? dit Cy.

Dans l'ombre, il rougit.

– Hein ? Rien, juste… Je m'attendais pas à ça.

– C'est pas des conneries. Je dis des trucs intéressants, des fois. J'ai pas l'air ?

Romane se tourne vers lui. Un instant, elle prend le temps de l'observer, sa peau brune, si proche de la sienne, c'est beau, le contraste, puis elle plonge dans ses yeux, Tu sais, Cy, y a un univers aussi dans tes yeux.

– T'as carrément l'air, elle finit par répondre.

Un sourire, on sent, il pulvérise tout autour.

– Alors si on était nos doubles presque pareils, reprend Romane, t'aimerais changer quoi ?

Cy, de suite, ça lui échappe.

– Rien, parce que t'es à côté de moi.

Les regards dérivent de nouveau, mais cette fois c'est parce que au fond, on devine, ils palpitent timides.

– Merci d'être venu. J'avais pas envie d'être seule, Romane dit.

Cy, une respiration, puis il glisse sa main sur la sienne. Les doigts tressaillent, ils pourraient se dérober, mais non, ils s'entrelacent.

Dans les paumes, on apprend la chaleur de l'autre, c'est fou, non, ce qui se cachait là ? Romane se rapproche, pose la tête sur son épaule. En elle-même, elle s'étonne, Je savais pas, Cy, que c'était si doux, d'être contre toi.

48

C'est la rentrée. Dans les couloirs du lycée, l'été comme condensé entre les murs, on en respire la chaleur par bouffées. Lola parade, le nombril à l'air et les ficelles du string qui dépassent de son jean taille basse. Le brouhaha des élèves, sa voix voltige par-dessus. Elle rit pour rien, on se retourne, Lola capture les regards d'un battement de cils.

Dans son sillage, Camille. Un double de Lola, en un peu moins blonde, un peu moins pouffiasse. Pour la rentrée, à Lola, il lui fallait une nouvelle meilleure amie. Avec Camille, elles se sont rencontrées à Sephora il y a trois jours et depuis, c'est Ma chérie, bras dessus bras dessous. Cette fille, Lola sait, elle l'aura jetée dans deux mois.

Les autres, en groupe, se racontent les vacances la plage l'ennui les amours volatils. Lola bouscule, interrompt les conversations, genre c'est pas fait exprès. Elle attire autour d'elle, on contemple et Lola laisse faire, son bronzage la souplesse de sa chevelure comment elle a maigri, ça se voit à l'os de la hanche qui pointe à travers le jean, l'anorexie est à la mode, T'as trop de chance, tu ressembles à Christina Aguilera.

À l'autre bout du couloir, Romane, on croirait un courant d'air. Le flot des élèves l'indiffère, elle traverse, contourne les corps sans en frôler aucun. Ses yeux percutent des visages, sur sa rétine, tout s'égare. Quand on la croise, elle bouleverse, c'est les prunelles vertes aux profondeurs insondables, son corps à la fois droit et souple, on imagine dedans les nœuds que ça cache. Certains murmurent, c'est qu'on ne l'a jamais vue sans Lola, on sait pour la dispute. Même ça fait plaisir de les voir désunies, les pétasses que rien n'ébranlait. Romane entend tout. S'en balance.

Dix minutes avant la sonnerie, Lola lâche Camille devant la salle de maths, Je reviens de suite. Elle file aux toilettes, s'enferme dans la première cabine, s'agenouille. Deux doigts dans la bouche, haut-le-cœur, voilà c'est fait. C'est devenu une habitude. Après, Lola se sent plus légère. Une façon de dégueuler son mal-être. Avec une feuille de PQ, elle s'essuie la bouche, balance le papier dans les chiottes et tire la chasse.

Lorsqu'elle sort, il y a Romane, juste là. Assise sur le rebord de la fenêtre, elle rêvasse au dehors. Face à face. Une minute, elles s'observent. Dans l'air flottent des odeurs de javel et de désodorisant pour toilettes. Romane, Ça va ? Lola pince les lèvres, Super. Elle avale une gorgée d'eau au lavabo, la recrache. Puis elle fouille dans son sac. À force, elle a toujours sur elle un paquet de chewing-gums Hollywood à la fraise.

Romane la regarde faire, ses jambes se balancent au-dessus du carrelage. Rien à faire de ce qu'elle pense, se dit Lola. Sauf que c'est faux. Pour se donner l'air de, elle s'appuie contre le lavabo, un sourire, Et toi, quoi de neuf ? Ta mère va mieux ?

Romane sourcille à peine. Toujours pareil, elle répond.

C'est tout ? Romane pense, même pas en colère. Que Lola s'excuse, elle s'en fout maintenant, elle voudrait juste comprendre. Toi et Moi, toujours ensemble, c'était comme si on se déployait, comment ça s'est fait, cette brisure entre nous, on dirait on s'est fissurées sans le voir, c'était où quand, est-ce que ça se répare, Lo, déjà tes contours s'effacent, on peut y changer quelque chose maintenant ? dis-moi.

Un regard.

Alors, voilà,

Lola, À plus.

Romane, Ouais salut.

comment ça finit.

49

Chloé, au premier rang, seule. Déjà, sa trousse et des feuilles à grands carreaux sur son bureau. Les autres devant elle, un par un ils défilent, on se dépêche pour avoir les places du fond, ou celles près de la fenêtre, les heures passent plus vite quand on aperçoit le ciel.

Si vite, l'effervescence des couloirs s'estompe. Sur les chaises, on s'avachit mou, la mémoire des corps peut-être, l'ennui en réminiscence. Le prof de maths, Monsieur Caget, sort ses affaires de sa mallette ; le menton baissé, il camoufle les bâillements. Le premier jour, c'est connu, c'est là que tout se joue, faut être dynamique, gagner le respect. Pas facile avec la langueur de l'été en sourdine. Le temps de reprendre ses marques, il leur fera remplir des fiches Nom Prénom Date de naissance Professions des parents Vous souhaiteriez faire quoi plus tard ?

Chloé, les cheveux attachés, pour une fois, ça révèle son visage. On remarque, elle a abandonné les fards à paupières charbon, c'est depuis Ydriss, il lui dit souvent, Tes yeux, pourquoi tu les caches, ils sont sublimes, tes yeux, ils méritent qu'on les voie.

Chloé mâchouille son Bic bleu, Fais gaffe elle se dit, tu vas te retrouver avec la langue d'une Schtroumpfette. Sa blague la fait rire toute seule, on la regarde bizarre. Chloé rend les coups d'œil. Elle se souvient, il n'y a pas si longtemps, comme elle les détestait, les autres, avec leurs jugements vite pensés, leurs obsessions de se bourrer la gueule, baiser avec n'importe qui, Vivre des expériences, ils appellent ça. Elle, elle voulait être différente, elle voulait s'arracher et le gagner, son ticket pour une vie meilleure.

Aujourd'hui, les autres, elle ne les voit plus pareil. À travers les visages, les sourires qu'on punaise, les expressions toutes faites qu'on répète On n'a qu'une vie C'est maintenant ou jamais, elle les devine, les doutes, les failles, les espoirs, les rêves, qu'on planque sous une façade. Si ça se trouve, peut-être qu'ils ne sont pas si différents, eux et elle.

Cy entre dans la salle de cours parmi les derniers. Boucles en pagaille, les mains dans les poches de sa veste blanche Sergio Tacchini. Au milieu de la classe, il repère Anto et Mehdi, ils échangent un sourire, ça fait longtemps. Un rang derrière, Lola, bulle de chewing-gum, *clac*, puis elle le colle sous la table. Par réflexe, Cyrus cherche Romane pas loin, loupé, elle est tout au fond, à droite. Son visage posé sur la main, yeux inatteignables, il pense, C'est fou comme c'est loin, là où tu regardes. Cy, la main qui fourmille, c'est que dans sa paume, l'empreinte, Tu te rappelles, tes doigts entre les miens ?

Tout devant, Chloé, qui s'applique à l'ignorer. Cy hésite, pas longtemps, il a à se faire pardonner. Quand il s'assoit à côté d'elle, même pas elle tourne la tête. Monsieur Caget ferme la porte, Allez, c'est l'heure, il commence l'appel.

Cy laisse passer quelques prénoms, il lui en faut dix avant d'oser. S'cuse, Chlo, il chuchote, j'ai déconné. Elle pivote, sourcils froncés, Ouais, t'as vraiment joué les connards. Cy, des excuses, il n'en a pas. Il pourrait dire C'est l'amour j'étais paumé tu sais comment ça fait le désespoir tu pars en vrille et tu fais mal. Mais non. Il tente plutôt, Ça te dirait un sundae après les cours ? Chloé roule des yeux en arrière, Ça va, j'ai donné. Non j'te jure, là, c'est pour de vrai, insiste Cy. Chloé lui fait, Moins fort, purée. Puis, cinq secondes et, De toute façon, après les cours, je retrouve Ydriss. Il vient réviser chez moi. Cy se force, Cool que ça se passe bien entre vous. Deux minutes, on se tait. Monsieur Caget, Sortez une feuille de papier, inscrivez Nom Prénom Date de naissance Professions des parents Vous souhaiteriez faire quoi plus tard ? Chloé pense, Être vivante et heureuse, ça compte comme réponse ou pas ?

Puis à Cyrus, elle ajoute, Pas la peine de te prendre la tête, on passe à autre chose, OK ? Cy sourit, acquiesce en silence.

50

L'intercours du déjeuner, dans les jardins du lycée. Ciel grumeaux de coton. Cour de béton, rangée de platanes, un long rectangle de pelouse, des bancs tagués au Tipp-Ex. Sur l'un deux, Lola et Camille, elles ont déserté la cantine, Lola a insisté, Trop de la merde ce qu'ils nous servent. Camille crève la dalle, elle s'en fout, elle, des calories des régimes, en plus y avait des frites au menu. Elle se console avec un sachet de nounours en gélatine. Lola blablabla, sans reprendre son souffle, sa voix fait mal à la tête. Camille écoute à demi, hmmm, *gloups* un nounours.

Dans leur dos, deux garçons approchent. Un brun aux cheveux longs bouclés et un Asiatique avec un piercing à l'arcade, les deux portent des baggys. Ce sont des potes de Thom, ils connaissent Lola depuis petite. Le brun s'approche, lui met une main sur l'épaule, Hé Lola, je peux te taxer une clope ? Lola sursaute. Volte-face. Me touche pas, connard. Camille, bouche bée, un nounours rouge tombe par terre. Lola, les yeux orage. Les garçons se regardent, l'air de Putain, les meufs, on n'y comprend rien, et s'en vont.

Romane, allongée dans l'herbe, somnole. Ses cheveux, autour de son visage, ça se torsade, ils font une rosace cuivrée. Sa mini-robe remonte sur ses cuisses, on voit les jambes fines et blanches, elle a un pansement au genou. De la main, Romane voile ses paupières, pourtant, il n'y a pas de soleil à cacher, c'est plutôt avec la réalité qu'elle trace une frontière. Parce qu'on devine, Romane s'évade. Des autres, du lycée, du jour, on sent, c'est quelque chose dans la façon de se tenir, on dirait elle devient légère légère, même pas le poids d'une brindille ; sa présence, il n'en reste presque rien, si ténu le son de ses pas sur les dalles du couloir, le grattement du stylo sur la feuille A4, et son parfum dans la salle de cours, juste un sillage. D'ailleurs, on n'ose pas l'approcher, Romane, ce serait comme parler à un souffle, on dirait quoi ? Romane bâille, s'étire. Du bout des doigts, elle arrache des brins d'herbe.

Pas étonnant qu'elle soit crevée, dit Antonin. Avec Cy et Mehdi, assis plus loin sur la pelouse, ils mangent des américains. Face au lycée, il y a un snack où un gars en fait des pas mal, on peut les prendre à emporter. Mehdi se marre en avalant ses frites. Ça veut dire quoi ? Cy demande.

Anto, les dents dans son sandwich, Pourquoi j'ai pas fermé ma gueule, il pense. La bouche pleine, on laisse en suspens, les regards ailleurs.

Cy pose son sandwich sur la feuille en alu, ça crisse, dedans, il y a des miettes de salade et de steak. Il répète, Ça veut dire quoi ? Tu sais, Romane, on dit des trucs, Mehdi répond. Comme quoi ? Vas-y, raconte.

Alors on raconte. Romane, la nuit, elle. Ouais, je te jure, avec plein de mecs différents en plus. C'est pour ça les bâillements, les paupières lourdes, on énonce les noms, Jonathan, Kevin, le livreur de Pizza Hut, ceux-là on est sûr mais y en a plein d'autres si si, on raconte la fenêtre de sa chambre, la gouttière le long de laquelle elle se glisse, ensuite comment les mains s'accrochent dans l'obscurité et les langues et les ventres pareil. Cy demande, Mais c'est où qu'elle fait ça, Aux cabines du lac il paraît, et on raconte ce qui se soupire, ce qui se mélange, aussi la peau froide et les yeux mi-clos, paraît que lorsqu'elle fait l'amour, Romane, on dirait elle dérive ailleurs, et dans ses yeux, les lueurs glacées, on dirait jamais t'arrives à les saisir.

Cyrus encaisse. Mal. Comment, Elle et Lui cette nuit, les doigts entremêlés, on dirait c'est pas la même fille dont on parle.

Une mouche vole près de son oreille, revers de la main, il la chasse. Elle se pose sur son sandwich puis se frotte les pattes.

Cy tourne la tête. Là-bas Romane. Il se demande, pourquoi tes vêtements légèrement froissés, comme si trop de mains, il se demande le Lac, il y a quoi là-bas, des morceaux de toi égrenés dans le sable ?, il se demande l'évanescence, la bouche entrouverte, les cheveux désordre, pourquoi, c'est la volupté que tu disperses ?

Cy observe Romane, doute, et l'immensité de ce qu'il ne sait pas le sidère.

Soudain, il se lève. Antonin, Attends mec, tu vas où ? mais déjà, il se dirige vers Romane. Quelques mètres. Plus que. Et voilà. Son ombre au-dessus d'elle. Il s'agenouille, se penche.

C'est quoi, ce qu'il lui chuchote ? Romane, le chuchotis, elle se le répète en boucle, semble réfléchir. Pas ici, elle répond. On se capte ce soir à minuit ? Cy, OK de la tête.

Romane bat des paupières. Dans ses yeux, ça reflète le ciel.

51

En fin d'après-midi, il pleut, un peu. Le ciel enfle, ça écrase les nuages sur les toits. Sans horizon, le lotissement est blafard. Lorsque Romane rentre des cours, l'Ogre est dans le garage. Il nettoie sa voiture, carrosserie, jantes, intérieur. Dans la maison, toujours la pénombre et la crasse, ça pousse dans les recoins comme des mauvaises herbes, depuis que Blanche n'arrive plus à se lever.

Romane monte à l'étage. Dans la chambre aux rideaux tirés, elle pénètre, sillonne l'obscurité. Tous les jours, c'est elle qui ouvre la fenêtre. Un filet d'air, l'odeur du goudron mouillé, les cris des gosses après l'école, ça entre dans la chambre, étrange comme ça fissure le silence.

Romane s'assoit sur le matelas, glisse sa main sur celle de Blanche. Sous les draps, son corps paraît minuscule, presque rien, une ossature d'oiseau. Depuis combien de temps t'es pas sortie, Maman ? Tu sais encore à quoi ça ressemble, le soleil et le vent ?

Longtemps, Romane reste ainsi, et ses lèvres remuent sans bruit, on croirait elle s'excuse, on croirait elle dit

un jour, je, bientôt.

***

Cy, assis par terre devant son garage. La pluie crachote, dans la lueur des réverbères, on voit de minuscules aiguilles argentées. On s'est bien dit minuit ? Cy, il a quinze minutes d'avance, le temps de faire défiler tous les futurs possibles. Et si elle te plante ? Et si elle fuit aux cabines, tu sauras la retenir, toi ? Et si et si et si. Trop, à force le corps court-circuite.

Cyrus se lève. Tourne en rond. Le vent gonfle son tee-shirt, il flotte autour de sa dégaine efflanquée, ça lui donne une sorte de grâce fragile.

Le pavillon d'en face. La fenêtre s'ouvre. Le long de la façade, on s'échappe silencieuse. Cy, c'est Elle. Il se fige. Romane marche vite, son sac à dos sur les épaules. Les lampadaires font des trouées lumineuses, au milieu, sa silhouette souple, Romane fait penser à un chat sauvage.

Quand elle s'arrête face à Cyrus, elle le fixe droit dans les yeux. Juste ça, sa présence, et l'intensité, Cy frissonne. Il reste muet, sonde le silence, tu crois qu'on peut s'y glisser ou pas ? Si seulement, il se passerait de mots, mettrait des gestes à la place.

Un instant. La nuit, la senteur des pelouses humides.

– Tu voulais me parler ? Romane finit par demander.

Cy, sa voix, il sent, ça voudrait sortir chaotique. Il tente de maîtriser.

– Ouais… On dit des trucs crades sur toi au lycée.

– Je sais. C'est vrai, c'était cet été. J'avais besoin de… De toute façon, c'est moi que ça regarde.

– Juste, je voulais pas que ça te fasse du mal.

– Je m'en fous.

Cy, Hmmm. Un courant d'air, il s'enroule à sa nuque, glisse sur la clavicule.

– … Et aussi, ça m'a fait bizarre, Cyrus continue. Tu comprends, par rapport à nous deux…

Romane serre les lèvres. Détourne le regard. C'est qu'en face, il y a Cy ses yeux couleurs mouvantes, Cy sa peau chaude, Cy son torse et le cœur qui bat dedans.

– Tu sais, nous deux…

Silence. Romane cherche comment. Dans sa poitrine, ça gonfle et la saisit, ce poids, un truc à te broyer les côtes.

Souffle court. Ça craquelle. Soudain, Romane lâche, elle parle vite, tellement qu'elle dévore les mots. Elle dit l'Ogre et ses poings, sa mère qui jamais ne se réveille, la maison dégueulasse, elle dit Chez moi, c'est comme un tombeau, elle dit Là-dedans je manque d'air j'en peux plus je crève.

Les mots s'écrasent contre le torse de Cy. Il vacille.

– Faut que tu te protèges ! Laisse-moi t'aider. On pourrait, j'sais pas, avec mes parents…

– Cy, je vais me barrer, Romane l'interrompt.

– … Quand ?

– Ce soir.

Cy, immobile, il se noie et la nuit l'engloutit. Merde, c'est comment déjà qu'on respire ? Il ferme les paupières, ne peut plus les rouvrir, Romane, tu crois que le chagrin, ça soude les cils ?

Romane reprend, C'est pour ça, Nous, j'ai pas le choix, je suis désolée, sans doute qu'on aurait, c'est juste que, pas maintenant.

Cy, il entend tout et ne comprend rien. Au-dedans, ça implose, façon galaxie, big bang à l'envers, les étoiles en poussière. Il souffle, J'ai capté, à peine plus fort qu'un frisson. Tu vas où ? Au moins ça, je peux savoir ?

Romane lui prend la main. Les extrémités sont glacées, elle les enrobe dans sa paume. Cy se force à rouvrir les yeux, on y voit les brèches, ça vient du cœur qui prend cher.

Romane a un début de plan, elle explique, et le reste, elle improvisera. D'abord, le bus de nuit qui l'emmène jusqu'à Dieppe. Là, elle téléphonera aux urgences ou aux flics pour que quelqu'un vienne en aide à sa mère. Ensuite, elle traversera la mer, ça a de la gueule comme plan, traverser la mer, au-delà il y a Newhaven et l'Angleterre, après, elle verra bien.

Cy assimile. Putain tu t'en vas Je t'   Reste Sauve-toi Et moi, je fais quoi ?

– T'as des thunes ? il demande, comme s'il pouvait lui en donner.

– J'ai piqué les économies de mon père, il les planquait dans le garage pour refaire la carrosserie de sa caisse.

– Et il est où, ton bus de nuit ?

– À la gare routière… Faut que je me dépêche, c'est pas à côté.

Cy, l'envie de partir. Avec elle, peu importe où. Ça n'arrivera pas, il sait.

– Je t'emmène en scoot. Je ne le rends que ce week-end à BenJ, autant que t'en profites.

Et volte-face, il fonce à l'intérieur de chez lui. Cinq minutes plus tard, la porte du garage s'ouvre. Cy pousse le scooter jusqu'à Romane, il crève les flaques d'eau ; dans les striures des roues, des brins d'herbe arrachés s'emmêlent à la boue.

Cy, le visage dur, c'est à cause de la gorge serrée serrée, Vas-y, monte. Romane grimpe derrière lui, s'accroche à sa taille, fort, et pose la tête contre son omoplate. Son odeur, elle l'aspire, plusieurs fois, s'enveloppe dedans. Elle jette un dernier regard au pavillon, ne sait pas ce qu'elle ressent, il y a de la tristesse, du soulagement, c'est quelque chose embrouillé par là.

Le vrombissement du scooter déchire le silence. Derrière les fenêtres, dans les chambres où surnagent les rêves, les sommeils frémissent.

52

Lui Elle le scooter
Ça fait comme une comète
qui perce la nuit

Autour, le béton
le vent la pluie mais leurs corps
L'étreinte est si douce

Les courants d'air, ils
les dévorent. Derrière eux,
la ville disparaît.

***

Nuit délavée, le brouillard est jaune, c'est la pollution lumineuse.

La gare routière, le béton strié de bandes blanches, elles luisent quand chute un rayon de lune. Cy ralentit, coupe le moteur. Le bus de nuit patiente, seul sur le parking. À côté, le chauffeur se dégourdit les jambes, quelques personnes fument, les mégots oscillent sur l'obscurité, ça fait des étincelles rouges, on range les valises dans les soutes.

L'un après l'autre, Cyrus et Romane descendent du scooter. Face à face, on s'immobilise, Et maintenant ? Les corps raides, maladroits, alors que le temps galope, on a l'air con. Faut trouver quoi dire. Quels gestes. À la place, rien. Alors, juste les regards. Et puis, ta respiration ton souffle, en vapeur tiède, des nuages, c'est parce que l'air est frais, ils se mélangent.

Le chauffeur monte dans le bus. Contact. La lumière des phares fait des faisceaux blancs, ça découpe l'obscurité en rectangle. Moteur. Le vrombissement, Merde, déjà qu'on galère, ça accélère les au revoir.

Romane, un pas plus près, Faut que j'y aille. Cy, il hoche la tête, voudrait Oui, vas-y sauf que, pas la force, Romane, comment je fais pour te regarder partir, t'as capté que ça m'arrache les tripes ? Parler, impossible. Il l'enlace.

Romane, nez dans son torse. Elle sent, la douceur, elle ne savait pas ce que ça faisait, quand on s'enfouit dedans. Elle absorbe, écoute, c'est beau comme ça vibre, là, un peu plus proche. Elle pense, Si près, il bat ton cœur, il y a juste quelques centimètres de chair, je vois, ton cœur, il résonne dans le creux de ta gorge, ça a quel goût, le creux de ta gorge ? Romane lève le visage, T'as vu, je change d'avis, un élan, Yeux Bouches Elle Lui. Les lèvres, à peine si elles tressaillent, timides, l'autre on découvre sa texture. Oh mais, les langues, déjà elles se, de la pointe, elles fouillent, on s'apprivoise humides et sur l'aile du nez, Romane sent, c'est le souffle de Cyrus, court, il est chaud, ça se confond avec son odeur, Tu sais, ton odeur, c'est le sel la mangue l'essence le bois mouillé, tout ça emmêlé.

En fond, on entend les pas, la porte de la soute qui claque. Faudrait se désunir, sinon le bus, oui mais, encore. Les dents la salive, à la commissure ça déborde, tu sens, le renflement des lèvres, presque on les devine rouges, si l'on mord un peu fort ?

Romane, sous le tee-shirt de Cy, elle glisse ses mains. Il y a le dos, dans la cambrure les vertèbres, sur les creux et les bosses elle ricoche, il y a la peau, tiède, elle se hérisse quand des ongles légèrement elle l'écorche. Sur sa bouche, Cy soupire. Lui caresse à travers les vêtements, le rebord de l'épaule, l'angle du coude, le tissu, il imagine cachée dessous, la peau élastique, Romane, si seulement tu, et les minutes se précipitent, ensemble on chavire, la nuit se contracte autour, dans ma salive, je sens, tu t'éparpilles, c'est fou de se dissoudre comme ça, non, dans la moiteur et le parfum de l'autre ? On se, soupir, on se Chut boucle-la, les mots Non pas maintenant, promets avec les lèvres plutôt, Oui, Je, Tu, Vite, Peut-être.

Délicate, Romane relâche l'étreinte. Ils découvrent, ça fait froid de suite, quand on abandonne la peau. Puis elle pivote et court jusqu'au bus. Cy, sous la bruine, il s'essouffle, la faute au cœur, tranquille calme-toi, le cœur. À travers la vitre du bus, le paysage est dilué, on se voit flou, les respirations moites font déjà de la buée. Les silhouettes, comme à travers un calque. Un geste de la main, on pourrait mais pourquoi, sur la peau t'as tout dit.

Romane pose sa tête contre la vitre. Elle pense Maman, Lola, Cy, elle cherche à couper les fils, ça déchire, à l'intérieur, elle sent, c'est comme des petites coutures qui craquent l'une après l'autre.

Dehors, Cy, incapable de bouger. Au loin, le bus, et Elle dedans, s'éloigne. Déjà, le manque. Il contemple les flaques, leur reflet trouble, ça ondoie quand les gouttes s'écrasent en surface. Un moment. Puis Cy remonte sur son scooter et rentre chez lui.

53

5h du mat
La nuit coule grise dans le salon
Et c'est le tonnerre, là, dans sa poitrine
qui réveille Serge
Merde, qu'est-ce que t'as ?
Il se lève du canap'
monte les escaliers
le sol sale colle sous ses pas.

Dans la salle de bain, il se dessape
lève la lunette des toilettes
Son urine éclabousse jaune
ça sent acide et le whisky.
Et c'est le tonnerre, là, dans sa poitrine
quand Serge tombe.
Il se trouve comme un con,
le visage tordu, par terre,
le carrelage glacé contre sa joue.
Le tonnerre, tellement,
dans son dos son torse sa gorge
il ne peut même plus gueuler.

Serge, sa salive déborde de sa bouche,
Il pense, T'es en train de clamser, la bite à l'air.
Serge voudrait pas
mourir comme une merde, il pense
Putain, y a Blanche juste à côté

Elle va venir, sûr qu'elle a entendu
Ça fait du bruit, un Ogre qui s'effondre.

Serge, son cœur explose.
Presque dans les vapes déjà, il sent
Tu vas crever tout seul,
et dans les murs, on croirait que les canalisations grouillent.
Serge, sa carcasse terrassée, à côté des chiottes,
C'est trop con, putain,
y a Blanche juste à côté.

***

Dans la chambre, Blanche n'entend rien. Au moment où Serge s'écroule, elle soupire, ses cils frémissent à peine.

54

La pénombre.

Cyrus, dans sa chambre, le drap pèse lourd sur sa poitrine.

Toute la nuit, le regard rivé à la fenêtre.

Toute la nuit, il pleut.

Il pense Romane loin, il pense les illusions perdues, et la pluie, elle ricoche contre la vitre, s'infiltre sous la fenêtre.

Plic Plic Plic

Le temps s'étend infini

Plic Plic Plic

Dehors, déjà, l'aube. Elle diffuse des halos bleutés.

Cy, un souffle, il respire la lumière, et au-dedans, on dirait, il y a quelque chose

comme une corolle, c'est fragile, ça enfle, ça éclot.

Il se dit Romane s'est sauvée, il se dit Toi aussi, t'as ton horizon à trouver.

Au bord des cils, fugace, ça tressaille

presque on devine, l'espoir s'y dépose.

Un stage à la Cité des sciences, la fac d'astrophysique, des vacances en Californie, visiter la NASA, avec quelles thunes ? T'inquiète, tu te débrouilleras.

Cy s'endort,

Sur le sommeil, les rêves ont germé

Au matin, la rumeur des usines comme éteinte ;

Sur les toits du lotissement, le soleil luit orange vif.

55

La Voix de la Normandie
Le 14 octobre 2000

Réhabilitation de l'usine Colorizol

Après deux mois de manifestations et de pourparlers entre les représentants de l'association des victimes et la Préfecture de la Seine-Maritime, un accord semble avoir été trouvé.

Sous la pression croissante, le projet de réouverture de l'usine Colorizol a été abandonné. La friche industrielle sera donc réaménagée en parc intergénérationnel de 2,5 hectares, accessible par les personnes à mobilité réduite.

On prévoit déjà de planter une centaine d'arbres, d'aménager un bassin de récupération des eaux de pluie et une aire de jeux. L'inauguration du parc est très attendue par la population, elle est prévue pour le printemps 2002.

Épilogue

2002
Deux ans plus tard

Je sens des boums et des bangs
Agiter mon cœur blessé
L'amour comme un boomerang
Me revient des jours passés
À s'aimer comme des dingues
Comme deux fous à lier

56

Gabriel ne capte rien
ni les tomettes en mosaïque
ni les lustres en pâte de verre colorée
ni la banquette moelleuse où s'enfonce son cul.
Autour de lui, on s'agite dans la brasserie
ça sent la bouffe chère et délicate.
Gabriel ne capte rien
Tu veux un cocktail pour ton anniversaire ? demande sa mère.
Lui, le visage illisible
c'est qu'en face, il y a Sylvie et sa femme
Gabriel se prend en plein cœur
les doigts noués ensemble
les regards comme des promesses
les liens qu'on a soudés invisibles.
Putain, alors l'amour, ça a cette gueule-là, se dit Gabriel,
comment tu fais pour vouloir être vulnérable à ce point ?
Autant traîner la poitrine ouverte en deux.
Soudain, il se lève
Je vais pisser, il dit, prends-moi un mojito steuplé.

Dans les toilettes, la poudre blanche, il l'écrase
inspire, ses narines explosent.
Un moment, Gabriel seul, dos contre le mur.

***

Chloé, au Havre
Lorsqu'elle rentre de la fac de lettres
elle balance son sac à dos dans l'entrée
de son appartement miniature
et de suite la douche   l'eau en trombe   brûlante
jusqu'à ce que la pulpe des doigts fripe
Puis, enroulée dans sa serviette, sur le clic-clac, elle s'affale
Des gouttelettes chutent de ses cheveux
elles constellent le matelas

Chloé *Pscchtt !* une canette de Coca
les bulles font du pop-corn dans sa bouche
Puis, elle allume la télévision

Dix candidats
enfermés dans une villa
filmés vingt-quatre heures sur vingt-quatre

Elle pense, Après huit heures à bosser sur une dissert,
t'as bien le droit de regarder de la merde.

C'est vous qui choisirez
celui ou celle qui ira
au bout de l'aventure Villa Story

Autour d'elle,
les affaires d'Ydriss   les siennes   emmêlées
ça traîne partout
Chloé, elle aime ça,
qu'Ydriss se parsème dans l'appartement
Des fois, elle enfouit son nez
dans un sweat ou une écharpe
elle respire, Alors nous deux, ça sent ça.

Pendant les pubs, Chloé se lève
dans la cuisine, elle fouille le frigo
Il y a des nems de chez le traiteur chinois des yaourts une quiche lorraine surgelée un croque-monsieur Picard sous cellophane
Ce soir, Ydriss lui a promis un curry-coco maison,
Tu vas voir, on va se mettre bien, il a dit,
mais Chloé a tellement la dalle,
elle se fait réchauffer les nems en l'attendant.

Le micro-ondes égrène les secondes
Chloé monte sur la pointe des pieds.
Souvent, elle joue les funambules
sur les carreaux froids de la cuisine.
Parce que son appart, il est minuscule, des champignons grignotent les murs
mais si Chloé, face à l'évier
se hisse sur les orteils
par la lucarne, elle aperçoit les toits luisants l'immeuble du Pôle Emploi le néon lumineux de la salle de gym
et entre, des fragments de mer ; au loin, ça scintille.

***

– Et maintenant, on applaudit notre candidate numéro six ! Comment tu t'appelles ?

– Lola.

– Magnifique ! Alors, Lola, comment tu te sens avant d'entrer dans la Villa ?

– J'ai trop hâte ! Je suis hyper fière.

– C'était un rêve pour toi de participer à l'émission ?

Lola, sourire rose bonbon. Ses mèches blondes, en rivière dans son dos, elles dévalent jusqu'aux fesses. Mini-jupe, *crop top* en dentelle, nombril diamant. Sa silhouette frêle, tellement, elle tangue sur ses talons, on dirait un roseau.

Lola regarde autour, les lumières l'éblouissent, elle discerne les spectateurs, les autres candidats, leurs sourires agrafés aux mandibules, Toi aussi, tu ressembles à ça ? elle se demande. Dans son dos, sur un écran, on diffuse gigantesques les portes de la Villa, elles attendent, Lola, les autres, et dedans, des milliers d'yeux incrustés aux murs au plafond et jusque dans les chambres. Lola pense, Faut qu'ils t'aiment, ces milliers d'yeux, comment tu vas faire pour qu'ils t'aiment ?

– C'était un rêve pour toi de participer à l'émission ?

Lola, le présentateur les caméras la foule devant les autres à côté, tous ces regards putain, ça l'avale. Sourire rose bonbon, Lola reste muette.

***

C'est un hasard,
un accident des étoiles,
à l'angle d'une rue, sur un trottoir pommelé de chewing-gums
dans la ville grisaille où l'on a grandi.
Et quand Cyrus et Romane se croisent
c'est comme ouvrir une boîte à bijoux :
dedans, les souvenirs, dingue ce que ça brille encore.
On les pensait épinglés sur le cœur
comme au mur de vieilles photos jaunies.

C'est là, l'éblouissement.
Cy, Romane, et ce qu'ils ont laissé en suspens.
Oui, les visages ont changé, un peu
un filtre a patiné l'enfance
Cy, c'est quelque chose sur les pommettes
et Romane, ça se lit dans les yeux bris de verre

Mais l'éblouissement
quand on sent, le temps, il n'a pas rongé ça.
On s'étonne,
l'amour, encore frais, vif
comme une averse en été.

Ensuite, il y a une chambre et une nuit
des rideaux tirés sur une fenêtre,
la pénombre en alcôve, et dedans on tisse
les mains les peaux les bouches
c'est l'hallu, Toi Moi, ce clair-obscur d'épiderme.
On frissonne, les cheveux soleil sur le lit
et au bord des langues, t'entends
comment ça s'envole, les souffles et les soupirs ?

Il y a une chambre et un matin
chaud d'odeurs salées.
Et la lumière, elle teint les rideaux couleur miel.
Dehors, la rumeur du lotissement à peine
il est tôt, le ciel s'étire bleu-rose
Romane et Cyrus, leurs nombrils chahutent.
Sur les joues, on a les plis
des étreintes et des draps froissés.

Romane et Cyrus, après
Qui sait
Il faudrait lire les lignes de la main
ou demander aux étoiles
Peu importe, il y a
une nuit   un matin
Et sur les peaux, on chuchote
Quoi ? Tu sais, tous nos rêves ordinaires.

Remerciements

Merci à

Celles et Ceux, vous savez qui vous êtes, pour l'amour et le soutien.

Tibo, qui a insufflé l'élan de départ à ce roman.

Julia, qui m'écoute et me guide avec tant de bienveillance et de justesse. C'est une chance et un bonheur de travailler avec toi !

À découvrir aussi
DANS LA COLLECTION EXPRIM'

Fanny ABADIE, *Les Insoumis du blizzard*
Philippe ARNAUD, *Indomptables*
Philippe ARNAUD, *La Peau d'un autre*
Philippe ARNAUD, *Jungle Park*
Philippe ARNAUD, *La Proie*
Philippe ARNAUD, *Terre Promise*
Rolland AUDA, *L'Équipée volage*
Rolland AUDA, *Le Dévastateur*
Rolland AUDA, *Le Gouffre*
Anne-Gaëlle BALPE, *La Boîte*
Clémentine BEAUVAIS, *La Pouilleuse*
Clémentine BEAUVAIS, *Comme des images*
Clémentine BEAUVAIS, *Les Petites Reines*
Clémentine BEAUVAIS, *Songe à la douceur*
Clémentine BEAUVAIS, *Brexit romance*
Clémentine BEAUVAIS, *Âge tendre*
Clémentine BEAUVAIS, *Les Facétieuses*
Aurélie BENATTAR, *Luna Viva – Le tournoi des voyantes*
Sabrina BENSALAH, *Vers le bleu*
Sabrina BENSALAH, *Appuyez sur étoile*
Sabrina BENSALAH, *Diabolo fraise*
Estelle BILLON-SPAGNOL, *Amour, vengeance et tentes Quechua*
Estelle BILLON-SPAGNOL, *Y a pas que la vie*
Jérôme BOURGINE, *Bras de fer*
Jérôme BOURGINE, *Le Voyage impossible*
Jérôme BOURGINE, *Toute la vie*
Alexis BROCAS, *La mort, j'adore ! – Saison 1*
Alexis BROCAS, *La Honte de la galaxie*
Alexis BROCAS, *ASTRÉA*
Marion BRUNET, *Frangine*
Marion BRUNET, *La Gueule du loup*
Marion BRUNET, *Dans le désordre*
Thomas CARRERAS, *100 000 Canards par un doux soir d'orage*
Thomas CARRERAS, *50 Cents*
Axl CENDRES, *Aimez-moi maintenant*
Axl CENDRES, *Échecs et but !*
Axl CENDRES, *Mes idées folles*

À découvrir aussi
DANS LA COLLECTION EXPRIM'

Axl CENDRES, *La Drôle de vie de Bibow Bradley*
Axl CENDRES, *Dysfonctionnelle*
Axl CENDRES, *Cœur battant*
Élodie CHAN, *Et dans nos cœurs, un incendie*
Émilie CHAZERAND, *La Fourmi rouge*
Émilie CHAZERAND, *Falalalala*
Émilie CHAZERAND, *Annie au milieu*
Stephen CHBOSKY, *Le Monde de Charlie*
Emmanuelle COSSO, *Passé minuit*
Antoine DOLE, *Je reviens de mourir*
Samira EL AYACHI, *La Vie rêvée de Mademoiselle S.*
Gaspard FLAMANT, *Shorba – L'appel de la révolte*
Gaspard FLAMANT, *Justice sauvage*
Damien GALISSON, *La Dragonne et le Drôle*
Célia GARINO, *Les Enfants des feuillantines*
Mélanie GEORGELIN, *Soleil jusqu'à la fin*
Chrysostome GOURIO, *La Brigade des chasseurs d'ombres – Wendigo*
Flo JALLIER, *Les Déchaînés*
Flo JALLIER, *Mon plus grand combat*
Hamid JEMAÏ, *2 Jours pour faire des thunes*
Hamid JEMAÏ, *Dans la peau d'un youv*
Julia KINO, *Adieu la chair*
Lucie LAND, *Gadji !*
Lucie LAND, *Good Morning, Mr Paprika !*
Boris LANNEAU, *Sur la tête de l'amour*
Boris LANNEAU, *La Fille de la ville*
Loïc LE PALLEC, *No man's land*
Loïc LE PALLEC, *Fréquence Oregon*
Marie LENNE-FOUQUET, *Bleue comme l'été*
H. LENOIR, *Félicratie*
Bruno LONCHAMPT, *Bloc de haine*
Bruno LONCHAMPT, *Les Évadés du bocal*
Bruno LONCHAMPT, *Mon vieux*
François-Guillaume LORRAIN, *Le Garçon qui courait*
Karim MADANI, *Le « journal infirme » de Clara Muller*
Karim MADANI, *Hip-hop connexion*
Aylin MANÇO, *Ogresse*

À découvrir aussi
DANS LA COLLECTION EXPRIM'

Aylin MANÇO, *Les Éblouis*
Benoît MINVILLE, *Je suis sa fille*
Benoît MINVILLE, *Les Géants*
Benoît MINVILLE, *Les Belles Vies*
Benoît MINVILLE, *Héros – Livre 1 : Le réveil*
Benoît MINVILLE, *Héros – Livre 2 : Générations*
Benoît MINVILLE, *Mauvaises Graines*
Vincent MONDIOT, *Tifenn : 1. Punk : 0*
Anne MULPAS, *La Fille du papillon*
Lorris MURAIL, *Rien ni personne*
Martine POUCHAIN, *Chevalier B.*
Martine POUCHAIN, *Traverser la nuit*
Martine POUCHAIN, *La Ballade de Sean Hopper*
Martine POUCHAIN, *Zelda la rouge*
Martine POUCHAIN, *Dylan Dubois*
Martine POUCHAIN, *Gloria*
Martine POUCHAIN, *Sous-Sol*
Claire RENAUD, *Les Quatre Gars*
Claire RENAUD, *Une fille de perdue c'est… une fille de perdue*
Claire RENAUD, *C'est quand la vraie vie ?*
Stéphanie RICHARD, *Jeux jaloux*
Joanne RICHOUX, *Marquise*
Joanne RICHOUX, *Les Collisions*
Joanne RICHOUX, *Toffee Darling*
Cécile ROUMIGUIÈRE, *Les Fragiles*
Insa SANÉ, *Sarcelles-Dakar*
Insa SANÉ, *Daddy est mort (retour à Sarcelles)*
Insa SANÉ, *Gueule de bois*
Insa SANÉ, *Du plomb dans le crâne*
Insa SANÉ, *Tu seras partout chez toi*
Insa SANÉ, *Les Cancres de Rousseau*
Anne SCHMAUCH, *La Sauvageonne*
Anne SCHMAUCH, *Gorilla Girl*
Anne SCHMAUCH, *A-pop-calypse*
Edgar SEKLOKA, *Adulte à présent*
Edgar SEKLOKA, *Coffee*
Jean-François SÉNÉCHAL, *Imbécile Heureux*

À découvrir aussi
DANS LA COLLECTION EXPRIM'

Sara Émilie SIMONE, *Tout Ella*
Julia THÉVENOT, *Bordeterre*
Marine VEITH, *Ceux qui traversent la mer reviennent toujours à pied*
Marine VEITH, *Ma part de l'ours*
Marie VERMANDE-LHERM, *London Panic*
Thibault VERMOT, *Colorado train*
Thibault VERMOT, *Fraternidad*
Thibault VERMOT, *La Course dans les nuages*
Séverine VIDAL, *Quelqu'un qu'on aime*
Séverine VIDAL, *Des astres*
Vincent VILLEMINOT, *samedi 14 novembre*

À découvrir aussi
DANS LA COLLECTION BEAU & COURT

Hubert BEN KEMOUN, *Les Flamboyants*
Quentin LESEIGNEUR, *Dix-huit ans, pas trop con*
Stéphanie RICHARD, *Tout Ira Bien*
Julia THÉVENOT, *Lettre à toi qui m'aimes*

Directeur de publication : Frédéric Lavabre
Collection dirigée par Julia Robert-Thévenot
Conception de couverture : Morgane Flodrops
Composition et mise en pages : Noémie Deslot

Loi n° 49-956 du 16 juillet 1949 sur les publications
destinées à la jeunesse.

Achevé d'imprimer en juin 2023
sur les presses de l'imprimerie Normandie Roto s.a.s.
N° d'édition : 0152
Dépôt légal : 2nd semestre 2023
ISBN : 979-10-408-0369-0
N° d'impression : 2302534

Imprimé en France